什麼!?
這座島
被征服者姐姐統治了!
作者:歷史謎團
圖: 小迪哥
123°E
25°N
24°N
23°N
21°N

CONTENTS

CONTENTS

VOC

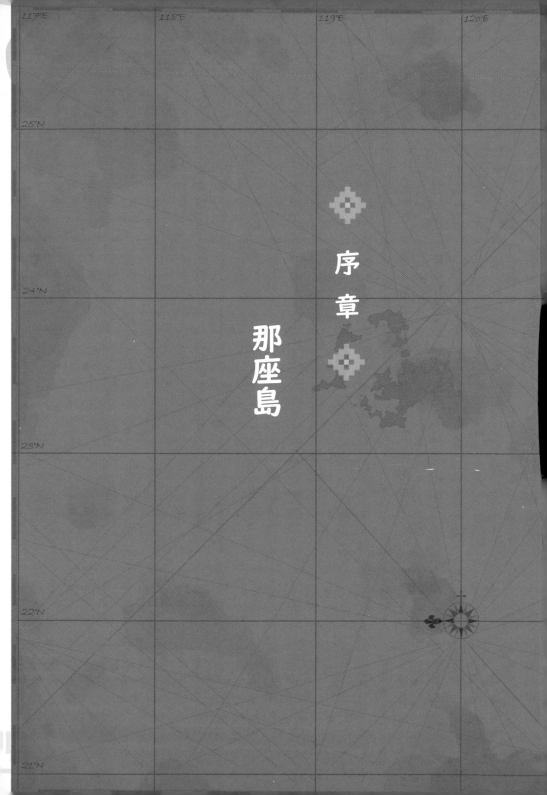

序章

那座島

一想到這，獸耳少年的嘴角便微微上揚，對於自己是在今夜入侵海陸城，而不是待它蓋好之後這件事感到無比幸運。

在採取行動前，他低下頭確保自己的裝備依然繫在自己腰上：一把樣貌精緻的西洋匕首和一個皮製腰包。獸耳少年沒有將心愛的弓背在身上，因為他的目標是悄悄潛入海陸城，然後在早上前悄悄離去，期間絕對不能被守衛給發現。弓和弓箭反而是累贅。

獸耳少年深呼吸一口氣，然後張開自己的手掌；原本看似與普通人無異的指甲，頓時向前伸長並且變得銳利無比，彷彿就像是貓咪讓爪子從爪鞘裡頭伸出。他開始徒手攀爬起砂土城牆，每一個動作都悄然寂靜、完美融入於夜色的浪濤聲之中。

「嘿，你剛才有沒有聽見什麼怪聲啊？」

「當然有啊。海浪聲、風聲、還有你那超大的嗓門。」

就在兩名守衛閒得發慌，甚至開始講起不著邊際的話題時。堡壘底下的影子卻是靜悄悄的剝離出一小片人形黑影；黑影無聲無息從兩人的身後摸過，下一秒又馬上融入了城牆的影子之中。整個過程竟完全沒有驚動兩名守衛的絲毫注意。

「竟然沒有聽見我丟石頭的聲音，戒備程度比我想像中還要散漫呢。但這樣對我來說更好……」

藉著影子的掩護，獸耳少年地緩慢的潛行在城牆和雜物所構成的陰影迷宮之間。

沒過多久，他悄然無聲抵達一處半圓形突出的瞭望台前方。但是瞭望台上站著好幾名負責監視的守衛，就連堡壘四周也安排了大量的步哨，這下可不能夠再依靠著牆的陰影潛行了。

「竟然有這麼多守衛，還真夠嗆的。」

嚴苛的態勢並沒有澆熄獸耳少年的決心，藏身在黑暗裡的那一對貓眼彷彿就像是刀鋒般的冷冽，卻無法藏住眼神與表情之中所飽含的澎湃激動與強烈的情緒。

「荷莉葉特呀，異族人的戰士和堡壘是沒辦法阻止我的；就連妳口中的上尉頭銜也是一樣。就算妳利用職務之便安插這麼多守衛也無濟於事。」

主意打定，獸耳少年隨即一個俐落的側翻身，轉眼間翻過了磚塊砌成的石牆。

雙手隨即一抓、雙腳腳底猛然一蹬，獸耳少年僅僅利用手指的施力與腳趾的摩擦力就讓身軀攀在石牆的外緣，身姿猶如一隻矯健的山貓。他使出平時攀爬岩石的技巧，巧妙的躲藏在一片由半圓形瞭望台所衍伸出的黑影之中。同時他瞪大那一雙直立的瞳孔，仔細觀察著城牆下方的定點守衛與哨兵們的移動路線。

很快的，一個可行的計畫緩緩從少年的腦海中浮現出來。

「太好了，抓到一個破綻。」

獸耳少年暗自竊喜，在確認好下方的步哨全都走到了不會發現自己的位置時，他立刻施展出高超的攀爬工夫，做出了雜耍特技般的橫向攀爬；就這樣吊掛在半空中並緩緩朝瞭望台的另一側移動。

「唉，最近外頭那些番人比較安分些啊。」

「可不是嗎?當初我們剛來到這座島的時候，上頭除了滿山遍野的梅花鹿群之外，還有一大群愚昧、無知的異教徒。粗野原始、好色無恥、我行我素。」

「沒錯，沒錯。他們的衣著十分暴露，對於露出身體部位毫無羞愧。另外，原住民也沒有長幼有序的觀念，連平民對長官都沒有表現謙卑、尊敬或敬畏而為所欲為。男人對妻子也似乎很不猜忌，也不以通姦為恥。」

「哈，所以將他們從魯莽帶入文明的境界不正是我們的任務嗎？」

「我以為我們的任務是來賺大錢的。」

兩名士兵面面相覷一眼，然後同時大笑。

「的確如此，文明化這種工作就交給傳教士就好啦。真搞不懂為什麼上尉會這麼執著於教化那些原住民……」

這幾名守衛的交談聲並沒有引起獸耳少年的注意，因為後者正使盡渾身解數拚命沿著磚牆爬行。時間分秒必爭。

在毫無遮掩的高聳牆壁上就算多待一秒鐘都會徒增被發現的風險。他的毛髮與皮膚幾乎都被汗水給浸潤，甚至就連手掌與腳底都開始冒汗。濕滑的汗漬不僅嚴重減緩了攀牆的速度，更是數次讓獸耳少年險些滑落。要是從這將近四層樓高的距離摔落，恐怕就連這名少年也都要付出慘重代價、非死即傷。

然而，如此危險的處境依然無法成為獸耳少年退卻的理由。他深知自己背負著更沉重的使命、更要緊的任務；他必須去逮到那個名為「荷莉葉特」的女人，狠下心來將那個女人給……

驀然間，再次搭上牆垣的手指忽然感覺到一陣滑膩的觸感；等到意識到那是自己的汗水時，他的左手已經整個幾乎快要滑開來。

「糟糕！」

少年立刻緊咬住嘴唇避免繼續喊出聲音，同時死命的捏緊手指。他險些就要因疼痛而鬆開手，但如此一來少年必定就會滑落城牆，摔個粉身碎骨。

「嘿，城牆的外頭好像有個奇怪的影子啊！」

城牆下面很快就傳來一名守衛驚恐的吶喊，瞬間讓少年心中的恐懼感飆升到最高！渾身上下的毛髮全都豎立了起來，宛如炸了毛的貓咪一樣。

「我啥都沒看見哪？」

「真的有啊！剛才在城牆上飄著一個奇怪黑影。我只不過一個轉頭，那抹影子就消失了。」

「喂喂，你該不會是瞧見了什麼不該看到的東西了吧？那些來交易的野人和大明人們常常都會講一些很恐怖的故事，上帝才知道那些故事裡頭的鬼怪是不是真實存在的。」

「那那那那該怎麼辦？我該找傳教士祈禱嗎？祈禱上帝保護我什麼的會有幫助嗎？」

此時守衛們口中的黑影獸耳少年，正在死命的克制自己大口喘氣的衝動。剛才的危機真的只能用千鈞一髮來形容，只差一點就要被下面的守衛給發現了。幸好那些守衛們似乎是將少年的身影看成了某種不吉祥的惡靈，正在下方交頭接耳的討論著。

能休息的時間可不多呀。他一邊默默的思索著對策，一邊繼續使勁的攀爬城牆。就在他幾乎要耗費掉大半的體力之際，獸耳少年終於攀爬到了一棟兩層樓高的石磚建築上方。

「呼……呼……終於……到達這裡了。」獸耳少年一邊喘著大氣，一邊試著調整呼吸。

此時從海上吹來的海風開始變得越來越強，涼爽、潮濕又帶著鹹味的強風帶來了一陣陣寒意，他只能用兩隻手指緊抓著石牆穩住身子。嬌小的身軀在半空中被吹得搖搖擺擺、看起來險象環生。

「可惡，偏偏這時候開始颳起強風啦。」

獸耳少年勉強低頭望向下方的石磚建築。它的屋頂有一半是平坦的，另一半則是由紅色磚瓦所砌成的傾斜屋簷所組成。獸耳少年很快就明白，他跳下去後若是落到傾斜的屋頂那頭，整個人就會當場往下滾落，最後摔到地面上。這不只前功盡棄，還有可能丟了自己的小命。

但現在的風勢如此強勁，自己又真的可以順利落到那片平坦的屋頂上嗎？

「不管了，都到了這裡怎麼能夠放棄？跟你拼了！」

獸耳少年牙關一咬，便在半空中放開了雙手，打算讓自己以自由落體的方式下降到屋頂之上。

但事情卻偏偏不如少年所想像的那般順利。

異邦人的神明就像是給這名少年開了一個大玩笑，在獸耳少年鬆手同時，一陣更加猛烈的狂風忽然吹襲而來；竟將自由落體的少年吹離了原先預定的平坦屋頂，而是落在那一面傾斜屋瓦上方。

「哇啊！」

獸耳少年終於忍不住發出一聲短促的哀鳴，向下墜落的速度和光滑的磁磚瓦片幾乎無法使人穩穩站住腳。他一個踉蹌便滑倒在傾斜面的屋簷上，眼看就要從摔了出去——

就在這一瞬間，獸耳少年的手腳死命的朝著身下的瓦片亂抓亂蹬，竟在最後關頭成功煞住滑落的勢頭。此刻少年的一隻腳已經是懸在屋簷外側，而另一隻腳也只差僅僅幾公分便要滑下去。

獸耳少年費盡全力終於爬上了傾斜的屋瓦，抵達了自己的目地的：

海陸城的長官公署頂樓。

顧名思義，長官公署是給高階商務人員或軍事將領辦公以及居住的樓房，同時也是這座要塞內最高聳的建築物。不像其他一般房屋為雙邊斜屋頂設計，而是一半平坦一半傾斜；平坦的部分設有出入口，高級官員可在緊急時經此直接通往堡壘內以求保護。

他趁著四下無人之際偷偷打開了位於頂樓的出入口。在確認裡頭沒有任何一名守衛以後，順利潛入長官公署裡頭。幸好現在正好是就寢時間，房屋中巡邏的守衛也很少。獸耳少年不費吹灰之力就找到了目標的房間。

異族人為了炫耀他們的力量，曾在白天時帶領他和他的族人參觀海陸城裡裡外外的空間；包括高聳的城牆、放有大砲的砲台，以及全然不同的磚瓦建築。當同胞們一個個露出下巴快脫臼的驚愕神情之際，獸耳少年卻早已默默在腦海中規劃好入侵路線，對於海陸城的結構可說是瞭若指掌。

「就是這一間。」獸耳少年低喃著，輕輕推開其中一扇沒上鎖的木門。

首先映入眼簾的，是一間十分幽暗的房間，不過擁有一雙貓眼的少年馬上就適應昏暗的光線。狹窄的房間只點了一盞油燈，映照出一幅十足簡單的裝潢。他本人對於那些新奇又陌生的家具視若無睹，目光就只注視著坐在書桌前的一抹倩影。

或許是聽見房門被打開的聲音，那抹倩影的主人幾乎是在同一時間開口說話。

「哼，小貓咪可終於來了啊，竟然讓我等到都快要睡著了。難道你不曉得讓淑女等待是相當失禮的事情嗎？」

一陣帶著磁性的嗓音傳入少年的那對獸耳之中；聽起來就好像是將一隻貓咪的嘴巴塗滿了奶油，然後放任牠喵喵叫一樣。

桌上的油燈照亮了房間主人一頭璀璨金髮，並在這名女性的臉部蒙上一層忽明忽暗的搖曳光影。

「誰叫某人這麼害怕，居然派了一大堆守衛站在外頭把風，雖然一點用都沒有就是了。不過，我倒是很訝異妳沒有躲到其他地方去。」

儘管獸耳少年反譏相辱，但是有如貓兒般的眼珠卻緊盯著眼前這一名高挑的金髮女性，連眨也不敢眨一下。右手習慣性的反握住腰間的匕首，就好像是全神貫注的警戒著眼前之人，準備應付接下來會發生的任何意外。

另一方面，金髮女子則站起來轉身面向面對入侵者。她的站姿有點特別，尤其是頭部仰起的角度不大一樣，略為高聳的顴骨在臉龐上構出深刻的線條，大海藍顏色的眸子綻放出一種天生傲然的光輝，臉上則掛著無懈可擊的驕傲神情。金髮女子凹凸有緻的胴體包裹在一件以藍色為主色的軍裝裡頭。她的雙手叉腰，右手手掌距離掛在腰際間皮帶上的劍柄非常接近。

「躲？你是說我會像個四處找媽媽的小女孩一樣，嚇得東躲西藏嗎？」

金髮女子的表情又變得更加深邃，看起來像是輕笑。在火光的搖晃和點綴下，這抹笑容多了幾分陰險的頑皮樣，更像是在對著眼前的入侵者露出一抹嘲諷般的蔑笑。

「如果你真的這麼想，那麼我也只能說，如果不是你太不了解我……」

在一瞬之間，金髮女子莞爾——然後拔劍！

「……那就是你的自信太過盲目了！」

鏗——！

清脆的金屬碰撞聲響遍整個房間，同時也敲響戰鬥的警鐘。獸耳少年緊握匕首的手掌被震的虎口發疼，可見剛才硬接下的那道斬擊威力有多強。少年雖然依靠著鉅細靡遺的洞察與專注力；有驚無險擋下這一劍。但緊接而來的，卻是一陣有如狂風暴雨般的連續刺擊！

「哈哈哈，把你的未來全都押在那根鐵棍上頭根本就是愚蠢至極！快動動你那貧乏的腦袋，想辦法反擊、反擊、反擊啊！」

憑藉著細劍的長度優勢，金髮女子展現出高超的實力。輕巧的動作搭配上凌厲的攻勢就像是逗弄著獵物的毒蛇，一下就將獸耳少年逼入絕境。獸耳少年手中緊握著的匕首成為最後的保命符，但是對手絲毫不容喘息的輪番猛攻下，匕首隨時都有可能脫手；到時這一切就真的都要結束了。

一次……

只要一次攻擊就足夠了。

銳利的目光不斷打量著對方，尋找彼此架式中的弱點，或是可利用的破綻。獸耳少年雖然心急，但並未失去冷靜；手中刀刃飛快地揮舞、格擋，腳下的細碎步伐更是完全沒有停擺過。他不斷利用步伐來調整身形與姿勢，利用旋身與閃避躲開了一下又一下的刺擊，彷彿是跳著一場刀光劍影的華爾滋！

「難道你只能夠拼命的閃躲嗎？真是難看的掙扎。要不要趕快丟下武器、夾著尾巴逃走呢？姐姐我可是一點也不想傷害小動物的喔。」

眼看強攻不下、而且對手依然是頑強地抵抗著，金髮女子顯得有些按耐不住。後腳向前一跨，準備將眼前的不速之客給逼至角落。

就在這腳步挪移的瞬間，原本迅捷的刺擊與接踵而來的挑砍，竟出現了一絲空檔——而這就是獸耳少年苦苦等待的機會！

他忽然抬起右腿，一個旋身便朝著半空中的細劍劍身一腳踹去。

「嗚呃！」

腳掌與劍身的接觸不過就是一剎那的事情，但卻讓金髮女子的動作完全亂了套；持劍之手一時無法收勢；胸口立刻門戶大開！少年怎麼可能放過這好不容易創造出來得機會，踏著地板的腳掌隨即一蹬，嬌小的身形衝入對方懷中！隨即一道快如閃電的刀光，一刀刺向金髮女子的胸膛！

「咳呃！」

「我贏了。」

獸耳少年微微一笑，神色之中帶著喜悅。而金髮女子則是雙頰緋紅，眼神中透露著一絲不滿。

利刃並沒有刺穿金髮女子的胸膛，僅僅只是割開了她的衣服。獸耳少年輕而易舉便割開軍裝上的鈕扣和綁繩，露出藏在外衣底下的白色內衣物，以及托著豐滿的雙乳以及那深邃的乳溝。

「喂，我確實說過如果你能贏得了我，今晚就由你來主導。但我可沒說你可以隨便弄壞我的衣服啊！這很貴耶！」她說。

「我才不管呢。妳這套衣服看起來就一副很難脫的樣子，我只是替你省下一點工夫而已嘛。」

語畢，獸耳少年當場將金髮女子撲上床鋪；西洋刺劍與匕首掉落地面的清脆聲響同時響起。

此時此刻，金髮女子毫無防備地躺在獸耳少年身下。金色髮絲半垂落在臉頰，雙唇嬌豔豐潤。凌亂的領口附近露出一截雪白的柔頸，光滑粉膩，讓人禁不住去想像她衣下的胴體會是如何美妙。不過，這些特徵都是用來襯托對方華美的身體體態及其曲線。她仰躺著，胸部的形狀卻沒有任何異狀的重量感，水嫩到幾乎快從衣服裡頭蹦出來。

「別一副急躁的模樣，活像隻發情貓咪似的。」金髮女子謾罵道，卻沒有明顯反抗的意思。

「因為我已經快等不及了！」獸耳少年的尾巴正激烈地左右甩動。

「假如我在這時大叫守衛，會發生什麼樣的事情呢？」

「那我就這樣做！」

獸耳少年猛地低下頭，覆住金髮女子艷紅濕潤的唇瓣。

當雙方的唇彼此貼合的一瞬間，金髮女子的腦中一片空白，而且明白了心底深處的感情是無法用理智或玩笑壓抑下來的，反且還會一發不可收拾地湧上心頭。相較於女方的羞怯，獸耳少年內心的得意感油然而起。畢竟對方平時總是一副瞧不起人的模樣，能夠見到她扭扭捏捏的一面的確讓他覺得新奇。

獸耳少年雙手抱緊金髮女子的腰，嘴也不肯放開她的唇。兩人的呼吸逐漸急促、心悸狂跳，沉醉且交融在激情的擁吻當中。

直到快要無法呼吸，獸耳少年這才依依不捨地退開一點點；他們倆望著彼此喘息著。

「唉，原本想說這是我們之間的第一次，就讓你遵循古老部落的習俗，在初夜裡偷偷摸摸來到妻子家與其相伴至天明，再偷偷摸摸離去。結果卻變成這樣子。」她邊說邊大嘆一口氣。

「哪樣子？」獸耳少年傾首問道，兩只貓耳朵不禁轉向側邊。

「像是野獸般的交合，一點也不文明。」

「你們異族人總喜歡把文明這字眼掛在嘴邊的，偶爾也應該好好放鬆一下嘛。反正都大老遠航行到這座島上了，依循當地習俗也沒什麼呀？就當作入境隨俗吧。」

「沒想到我竟然會有被小貓咪開導的一天，五年前告訴我這件事情打死我都不會相信。」

「五年前的我，大概也沒辦法想像未來會和金毛人『牽手』呀。」

「這倒是真的。」金髮女子說，接著瞇眼狠瞪對方。「你還稱呼我為金毛人？那很難聽耶。」

「抱歉……」獸耳少年垂下耳朵，不過馬上又提起精神。他問：「既然如此，那我就跟以往一樣叫妳的名字囉？」

「反正我也比較習慣那樣子。」

「但從今以後妳也不准叫我小貓咪！」獸耳男孩迅速補充道。

「這就要看你等會兒的表現了。」

「那麼我數到三，我們一起喊出對方的名字。」

「沒問題。」

「一、二、三——」

結果金髮女子還沒來得及說出口，獸耳少年灼熱的嘴再度迫不及待地堵住她微微張開的唇瓣。

「被我騙到了吧！」他笑嘻嘻道。

「你這隻調皮的壞貓咪，看我怎麼回敬你。」

兩人相視一笑，很快地在床上糾纏不休。

陣陣潮聲透過窗戶傳來，給他們奏響一曲戀歌；無論是在聖經裡安排一切的上帝，抑是原住民族信仰中的各路神祇，或許任誰都沒料到好幾年前這兩人的相遇，竟會在這座島上激起一連串難以想像的漣漪。

而見證這一切的浪花，依然拍打著

被人們稱之為大灣、北港、東番……以及其餘數種名字的這座島嶼海岸。

第一章

暴雨中的希望

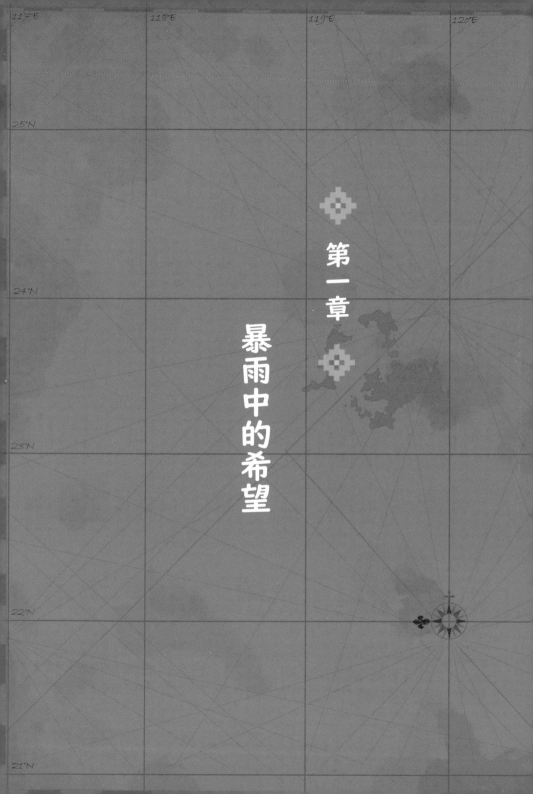

貿易中少不了戰爭，而戰爭也無法沒有貿易支持。

簡・皮特斯佐恩・科恩（Jan Pieterszoon Coen 荷蘭東印度公司第四任總督）

詭譎的雲層不停翻滾，交織出一番狂風驟雨與驚濤駭浪——不用多聰明都看得出來，一場暴風雨正肆虐於夜幕低垂的海面。

荷莉葉特（Henrietta），這名身穿軍服的金髮女子就跟大部分水手一樣待在甲板上，無助地眺望著波濤洶湧的海面。碩大的雨滴迎面而來，激烈拍打在金髮女子全身上下，甚至快要讓人站不穩，使得她深切感受到這不安侵襲的力量。

「巨浪來了，大家抓緊！」

伴隨著來自頭頂瞭望台的喊叫，船體在一陣強大側風與浪花衝擊下大幅度傾斜。荷莉葉特抓緊綁在艦橋旁邊的海員椅扶手。船身逐漸恢復了平靜，船體木板在變形的力量下發出刺耳的吱喳聲。荷莉葉特開始擔心搭乘的船隻會撐不住。

強風不斷增強，船身劇烈顛簸。猛烈的波濤和風暴正在把戰艦推向更加危險的境界。要說海面上有什麼比狂風暴雨更可怕，那鐵定非暗礁莫屬了。

荷莉葉特早已經飢腸轆轆，嘴巴乾裂，身體疼痛。她強打精神察看了羅盤方位，費力地腦算著航行位置。她並不是一名合格的船員——該死的，她的身分是公司的雇傭兵，只有在陸地上才能大顯神威。只因為船上的水手病的病、死的死，她才必須接替這職位。

「前面有暗礁！」

位在船首的觀測員手指前方，語無倫次地狂叫。荷莉葉特於是望向船頭前方的海面。暗礁就延展在不到兩百碼的前方，怒海澎湃，海浪劇烈衝擊著巨大的黑色礁石。船的左右舷處都湧動著海浪泛起的泡沫。呼嘯的海風掀起層層浪濤，拋向無盡的黑色夜空。一條繩索被猛烈的海風吹斷，位於船首的細斜桅桿幾乎折斷。船的主桅桿尚在風中苦苦支撐，也在劇烈顫動，瘋狂的大海正無情地把船推向死亡的深淵。

「所有船員上甲板！」荷莉葉特一邊高聲命令道，一邊拼命猛敲警鐘。

「我們要完蛋了！」某一位水手高聲尖叫。「噢，上帝啊，救救我們！」

「上帝會救我們，但祂需要我們所有人同心協力！」

荷莉葉特命令掌舵手拼盡全力打死方向舵，左滿舵到底，船尾的水下方向舵板隨之猛烈與急流激盪。整艘船身劇烈震顫。船頭隨著不斷增強的海風壓迫而加劇搖擺，很快船身轉向，整個側舷迎向大海和風浪。暴風雨如怪獸般兜頭蓋臉吞噬了海船，輕鬆地戲弄著沈重的海船，把它拋上拋下，船上的所有繩索都吃足了風浪的力量，發出繃斷前痛苦的尖銳聲響。

波濤洶湧，在船前掀起推高的巨浪，荷莉葉特看到即將衝來的滔天巨浪。下一瞬間，驚濤劇浪劈頭砸向船體，船身在巨大的衝擊下猛地傾斜。荷莉葉特覺得這下完蛋了，沒想到隨著浪退去海船竟然再次抖擻精神，就像一隻從水池裡鑽出來的英國小獵犬。

但剛才那陣海浪仍舊掀翻了另一名水手，巨浪不顧他絕望的掙扎與尖叫，無情的把對方拋出船頭甩向大海。接踵而來的第二陣波浪湧上甲板，荷莉葉特連忙抓住船身，死命堅持到手臂都麻痺了，直到海浪不甘心地放她一馬。

荷莉葉特望見剛才被拋出船身的一名水手，他正在左舷外五十碼遠的海面掙扎。一陣大浪把這可憐的傢伙推回離船不遠的地方，之後又彷彿是在玩弄似的將他拋到高過船身的巨浪之巔，他在那邪惡的浪尖不可思議地稍做停留，緊接著被拉回黑暗的海面。

隨著「啪嘰」一聲，他的身體在尖聳的礁石上摔得血肉模糊，好像卡在暗礁上似的動彈不得。

「快上甲板幫我，降前帆！」荷莉葉特一邊吼著，一邊與其他船員合力拉著帆繩，抓緊收帆。

「當心前面，浪來了！」荷莉葉特高喊，可是風浪遮蔽了所有人的耳朵。

在險惡的礁石空隙間，浪滔在風暴的力量下沿著陡峻的礁石周邊漩成了深不可測的風暴旋渦。船隻全身迎著風浪，逐漸被無情的大海一寸寸吞噬進對面那個恐怖的漩渦。

「抓把斧頭過來，快點！」

風浪之中，一根桅桿驟然折斷。大船被落水的囉嗦物件拖累著，在怒濤中苦苦搖擺掙扎。荷莉葉特與水手們七手八腳用斧子砍斷繩纜，斷裂的桅桿順水而去，擦著船身而過。

一個海員被糾纏在一起的繩索絆住，也一下子被拖下海去。這個海員淒厲地呼喊著，掙扎著。船上的其他人無計可施，眼睜睜看著他，隨沖走的斷桅一道在迅速遠去的浪滔中陣陣沈浮，沈入黑暗的遠方海底。

忽然間，荷莉葉特聽見了一陣古怪的動物鳴叫。

「鳥？」

她還以為自己聽錯了。

荷莉葉特轉頭張望，希望能找出聲音的源頭。畢竟在茫茫大海之上，究竟哪裡又會有鳥兒的叫聲？如果真有鳥，那距離陸地豈不是很近了？

咿咿咿呀啊啊！

豎耳一聽，如鳥類啼鳴般的恐怖嚎叫正一陣陣盪於暴雨之中，穿透雨水直至荷莉葉特的耳膜。

嘎嘎嘎呃呃！

這一次，她的耳朵成功捕捉到聲音的位置。她猛然一回頭，視線落在不遠處的石塊上：那是他們剛剛才擦身而過，而且還奪走一名船員性命的暗礁。

「那是……什麼東西……」

剛才那塊礁岩上僅僅徒留了一具屍體，但卻在幾秒鐘內出現了四、五抹黑色身影。荷莉葉特瞇起被雨水打濕的雙眼，卻無法看得更加清晰。那幾個身影正蹲著圍成一圈，一邊徒手撕扯，一邊大口大口啃咬著什麼。

難道是在吃……
「浪又來了！」
分心的代價真的很大。
一波大浪衝上甲板，荷莉葉特根本支撐不住身體。她整個人被高高拋向船外，視線被冰冷的海水所占據。
「上尉被捲下去了！」
「上尉！上尉！」
荷莉葉特費力地想讓自己能專注目力，可是海水彷彿吸走她的力量。視線逐漸模糊，就連船員的吶喊也逐漸遠去。
最後，她在滔滔巨浪中昏了過去。
＊＊＊
昨夜的暴雨彷如一場夢境，在太陽的驅逐下消失得無影無蹤。
當白晝來臨之時，風雨和巨浪的跡象已然散去。一望無際的海平面在陽光的閃閃發光，蔚藍的天空則晴朗無雲，直接將自身的存在直接映在海上。抬起頭來雖見晴空萬里，但低下頭後觸目皆是滿目瘡痍的景色。經過暴風雨一夜肆虐，沿岸上滿布殘枝落葉以及倒下的樹木，海岸邊堆積大量海漂流木，就連走在路上都得十足小心。
事實上，一抹纖瘦的身影正躍動於沙灘上。

「梵，快點做這個！梵，快點做那個！部落裡老一輩的傢伙就愛任意使喚人，打著訓練的理由叫我們幹些粗活，而自己則躺在樹下乘涼。真是輕鬆啊。」

此時此刻，名叫梵的小男孩一邊喃喃自語抱怨著，一邊用雙手環抱幾塊木頭。

他是一名年約十二歲的黑髮男孩，肌膚呈現淡淡的小麥色，身材瘦小精悍。只見男孩踏著靈巧的步伐躍過一個又一個障礙物，又或者是踩在狹窄的流木上頭跳來跳去。他的動作矯健得宛如一隻貓咪，不因手上有東西而顯得遲鈍。

事實上，梵的頭頂確實長了一對獸耳朵，而且耳朵背面有一塊明顯的白斑。除此之外，位在他的臀部上方也探出一條布滿黑色斑點的長尾巴，左右搖擺保持身體平衡、調整體位。

「唉……」

梵回頭望了一眼自己所撿拾的流木小山，然後輕輕嘆息了一聲，獸耳與貓尾都不禁垂下來。這些流木絕大多數都是要拿回村落當柴燒的，部分外型特殊的木頭也可以交給特定人士以換取鹽巴。

「現在可不是撿木頭的時候呀。」他又忍不住嘆了一口氣。

只要腦中一回憶起過去幾次的部落會議，都會讓他嘆息。

「現在村子已經到了不得不做出抉擇的時候了！我們千不該、萬不該，竟然讓整個部落衰退、淪落到這個地步。我的這座村子不論是人口、土地、收成……都是這附近三個部族中最為貧弱的。其他兩派人馬隨時都可能會派人過來強行併吞我們。我們……也許是該認真的考慮向哪一方表達合併的意願，如此才不會徒增衝突。」

「喂。你這麼說，根本就是沒考慮到另一方會懷恨在心，對我們施以報復的可能性吧？」

「容我補充一下，糟糕的事情還不只如此。與我們交易的那些大明人們最近更是繪聲繪影的說，海岸邊最近出現了名為毗舍耶的恐怖怪物、惡鬼！這件事已經在大明人中鬧得沸沸揚揚，他們絕大部分的人甚至都搭船逃之夭夭了。」

「這樣看來，恐怕只能選擇舉村遷移來躲避這些災禍了。」

「舉村遷移？這片土地從我們的先祖開始，就一直養育著到現在，難道我們就要如此輕易的拋棄對我們有恩的土地與家園嗎？」

「這也是不得不做出的無奈之舉，不去嘗試看看又怎麼會知道結果如何？」

當時族人為此吵得面紅耳赤、互不相讓的畫面依然歷歷在目。

儘管年紀還小，可是梵卻擁有超乎同齡孩子的思維。他不只打算成為偉大的勇士，他更想要的是保護族人、帶領族人闖出當下的困境。他的腦中總是在想像著、思考著族人的未來，但到了最後卻總是被迫一次又一次的接受自己的無力與渺小。就連成年人都為此而焦慮擔憂，更何況梵是一名年僅十二歲的孩子？

因此，梵決定暫時放下手邊的工作，前往一座沙洲上散散心。

這座沙洲佔地廣大得不可思議，四周的海水溫暖而清澈透明，十分美麗。幾隻白鷺鷥佇立在沙灘上覓食，踏步行走的模樣好似在模仿梵一樣，讓他會心一笑。

赤腳踩在沙灘上，細細的沙給人輕輕柔柔的感覺。耳邊傳來一波一波浪濤聲，使得梵的心情為之開朗舒暢。海洋總有一股神奇的力量，好像所有煩惱都能隨著浪潮散去。每當梵心情不好的時候，他就會來到這片美麗的沙洲上一掃內心的陰霾。

當梵一邊散步一邊看風景的時候，他察覺到沙灘上多了些過去所不存在的異物；許多大小不一的木板漂於海面，有的則被海浪捲上沙灘。那些木製物體看起一點都不像受風雨折斷、沖斷的流木或枯枝，反倒像經過嚴密的切割、組裝起來的人造物體……可能是某種船隻的殘骸？

可是，更驚人的還在後頭……

「那個是……人影？」

梵先是揉了揉雙眼，然後瞪大眼再看一次。

「有人昏倒在沙洲上！」梵馬上衝了過去。

但是當這名獸耳少年接近那具人影的時候，他整個人呆掉了：因為癱倒在沙灘上的那個人……更精準地說是一名年輕女子，她的頭髮竟然是金黃色的！

「好、好漂亮。」

梵沒意識到自己正露出白癡般的表情，驚愕到下巴快掉下來了。

「就跟太陽的顏色一模一樣。」他呢喃道。

對方擁有一頭長度及腰的長髮，透出閃耀的金色，像是太陽一樣亮晶晶地閃爍。一根根秀長髮絲的顏色又宛如黃澄澄飽滿稻穗充滿生氣，在燦爛光線的照耀下顯得耀眼萬分。豐盈的髮絲垂落下來，好似薄紗布遮住她的臉龐。

梵伸出食指輕觸了一下金髮女子的肩膀，隨即又把手縮回來。

眼見對方沒有反應，梵小心翼翼地把她翻過身來，這才看清楚對方的樣貌。梵為眼前驚為天人的景象深吸了一口氣，獸尾不自覺地左右搖晃，在沙地上劃出一道道痕跡。

金髮女子紅潤的雙唇微微張開，一雙眸下睫毛長而細密，搭配高挺的鼻子，使得她的臉型比任何族人都還要深邃。精緻的五官比起少女應有的嬌豔，更讓人感受到一股剽悍氣息。梵發覺對方的皮膚色澤白淨得不可思議，幾乎和椰奶一樣呈現漂亮的乳白色。

擁有金髮與白皮膚的女子——

他從未見過這種人！

要知道，梵並非在一瞬間就整理出這堆想法。

當他把對方的身子翻過來的時候，腦海中的第一個想法是：

老天，這個女人的胸部真大。

下一秒想法又變成：

老天，她的胸部真的超大！

然後梵才開始拼湊適合的形容方式。

他把手指湊到對方的鼻下。還有呼吸，梵鬆了一口氣。儘管微弱得快要消失，但是指尖確實感受得到一陣陣氣息。接著梵將金髮女子拉上岸，一路拖到樹林旁邊躺著，遠離漲潮可能帶來的危險。

然後，他把手伸向這具充滿陌生感的胴體……

「嗚嗯……好緊……咕嗚嗚嗚……金髮女人的這個……為什麼會這麼緊……」

無論梵如何左拉又扯，都脫不下對方身上那件濕透了的衣物——那件衣服不只把她的胴體包得密不透風，甚至連一雙修長的腿都裹了一層緊緊的布料，明顯和自己族人的穿著風格相差甚遠！

「我記得溺水的時候要拍這個部位……」

他放棄脫下金髮女子的衣服，改為揮出一記手掌，以適當的力道擊中金髮女子腹部，當場讓她嗆咳出一口又一口海水。

只不過當梵開始按壓對方的胸口之際，他的觸覺感官彷如發現新大陸般被未知的天堂牢牢吸引住。她的胸部摸起來格外地滑嫩柔軟。至於被梵抓住因而臉頰微微發紅金髮女子，嘴邊流洩出呻吟。

「祖靈在上，我從沒摸過這麼軟又這麼有彈性的東西！」

梵忘情地感受眼前這一對渾圓飽滿的山丘，左右手不禁來回按壓眼前兩顆成熟的果實，就像貓咪用前腳踩踏一樣。只要他鬆開一隻手，胸部又會彈回原本的模樣，十分有趣。接著，梵湊上前聞了聞她的臉龐、她的秀髮、她的身體，全身上下每一處都嗅過。那是全然陌生的氣味，使他的心跳莫名地加快。

「糟糕，現在不是做這種事情的時候，不快點救她的話她會死掉！」

梵回過神來，立即摸一下對方的額頭，發現溫度高得嚇人。

「明明四肢冰冷，額頭卻一片火熱滾燙。這樣下去可不得了。」

梵手邊既沒有陶鍋也沒有淨水，無法立刻烹煮藥材。假如在這個關鍵時刻跑回村子，不僅會讓金髮女子落得毫無防備，甚至可能太遲了。他望四周環境，試著就地取材。為什麼要拯救這名不速之客，梵本人其實也不太清楚。可是，他總覺得眼前這名陌生的年輕女子即將帶給他人生重大的轉變。

至於這個轉變究竟是好是壞、是幸或不幸，他無法預測——但是猶豫之際，來自心底深處的催促似乎更大聲了。

梵握緊嬌小的拳頭，閉眼下定決心

他從岸邊摘了好幾株綠色的葉子。確保是認知中的藥草之後，他用海水洗過一遍放入嘴中咀嚼，將蘊含於海水中的鹽分順著唾液嚥下。最後，梵以自己的雙腿當作枕頭，輕輕地將金髮女子的頭墊高。

起先，面對著極為陌生的異族臉孔，梵的內心猶豫了一下……

梵強壓下心中的擔憂和害臊，伸手穩住了金髮女子削尖的下巴。他將頭微微一側，緩緩貼近她的臉龐。無暇的椰奶色肌膚宛如是罕見的綾羅綢緞，散發著溫潤色澤。那張乾淨的臉蛋亦是如此白皙透亮，毫無修飾的呈現在自己眼前。

隨著雙方的距離逐漸縮短，對方的面容在梵的眼中漸變得清晰。就連修長的睫毛、小巧的口鼻、全都讓梵感到腦袋發熱、心跳不已。

兩人的嘴唇越來越近、越來越近……

然後……

＊＊＊

梵不曉得自己睡了多久。

獸耳少年呻吟了一聲，伸手撫摸腦側太陽穴的部位。睜開雙眼，他發現時間已經在不知不覺中來到正午了。他只記得自己在看顧火堆，顧著顧著便睡著了。為什麼要升起火堆呢？他心想，難道是要給什麼人取暖之用嗎？

——給什麼人？

——太陽色頭髮的女人！

梵反射性地想要站起來，一陣異常冰涼的觸感卻抵住了他的頸部，當場制止他的動作。從脖子處感受到冷冰冰的金屬觸感，又彷彿有一股難以抵擋的寒意滲入了體內，傳遍他身上的每個角落。

因為，一把細長的長劍劍尖正頂在獸耳男孩的脖頸上。

「咕呃……」

梵不自覺地吞了口口水，額頭上滲出一顆顆斗大的冷汗，滑落臉頰。他盯著決定自己生死的利刃，隨著劍身逐漸往上抬起視線，最終落到手持武器之人的身上。

「金髮……大姐姐……」

夕陽的橘紅色光線，如流水般靜靜地流洩在女子身上，同時也照亮她一頭呈現出太陽色的長髮；像是飄逸於風中的麥子，又像黃金色的瀑布般閃閃發光，使得眼前這名女子全身上下頓時綻放出魔法般的魅力與光芒。

她的站姿有點特別，尤其是頭部仰起的角度不大一樣，略為高聳的顴骨在臉龐上勾出深刻的線條。瞧著她那自信神態、深邃的藍色眼眸目空一切。搭配一身異國服飾，華麗而優雅，秀色清美，風姿傲然，全身上下散發著危險又令人著迷的氣場。

梵不禁為她那掠食者般的氣勢懾服，而不敢移動半分——當然，其中很大一部分原因也包括對方正拿著一把劍頂在他喉嚨上！

「※※※※，※※※※※！」金髮女子說了一串梵聽不懂的話語。

「我、我不是壞人！」梵馬上喊道。

「※※?※※?※?」她四下張望著，嘴裡念念有詞，神情有些緊張。

「聽著，我不想要加害於妳……這個嘛，現在這個情況應該是妳加害我才對?不管怎樣，妳被沖上海岸，是我把妳救起來的。我絕對沒有加害於妳的意思。」梵解釋著，他一下用手指指向海岸，一下手指對方，又用手臂比出海浪拍打的動作，看起來有些滑稽。

也許是梵的語氣很溫和、又可能是他的比手畫腳有了成效——金髮女子放下了武器。

「那個……妳的名字叫什麼？妳不會說我們的語言吧？」

儘管對方明顯聽不懂自己說的話，梵依然好聲好氣與對方溝通。

「妳是誰呀？」梵問。

「？」金髮女子聽聞後微微傾首。

「我叫做梵，妳是誰？」獸耳男孩又問了次。

「？？？」她仍沒聽懂。

或許是看見梵那張滿溢出純樸光輝的笑臉，金髮女子稍微放下戒心。接著，她的注意力被對梵的獸耳和尾巴吸引過去。

「※※※？」

她毫無預警地靠近梵，直接用手指戳他頭頂上的獸耳耳朵。

「嗚啊，幹什麼啦！」

這突如其來的舉動嚇得獸耳少年連忙往後跳開，四肢貼在地面，背部拱起的同時，尾巴與獸毛也不約而同豎了起來。

「呼嚕嚕嚕！」梵從喉嚨發出一種很明白的警告聲。

「※、※※，※※※※※。※※※※※。」金髮女子意識到自己的舉止嚇到對方，改向梵揮了揮手叫他過來，臉上擠出一抹笑容。

梵瞪視了她一會，然後才戰戰兢兢地爬回到她的面前。

「※※……※※，※※※！※※※※，※※※※！」

只要食指一戳、獸耳就會猛然發起一陣可愛的晃動；當金髮女子醉心於玩弄那異常柔軟、並且宛如活物般一跳一跳的獸耳時，她的上半身也靠了過來，一對豐滿且柔軟中帶有完美彈性的胸部不僅占據梵的視野，甚至還貼上的他臉頰。

「這人在搞什麼啦！」梵發出一陣悲鳴。

在玩弄（？）梵的獸耳一陣子之後，金髮女子這才滿意地退開。

「……凡……嗯？」

「唉？」

忽然間，金髮女子用破碎的語調念出了梵的名字；至少他是這麼想的。

「梵！梵！」獸耳少年一邊指著自己，一邊複述著。

「煩耶？」

「梵！」

「……梵？」

「對啦！」

梵開心地手舞足蹈起來。

「那妳叫什麼名字？我，梵。妳是？」他指了指金髮女子。

接著，她說了一連串奇怪的字眼：「荷莉葉特（Henrietta）。」

「喝粒耶德？」梵複述一遍。

金髮女子搖了搖頭，又說了一次。

「呵列……耶達？」

她垂下肩膀，懶得再糾正對方。

「算了啦，妳的名字實在太難唸了。」梵失去興趣，說：「就叫你『喝粒耶德』就好啦！」

這時候，自稱為『喝粒耶德』的金髮女子開始一臉認真的瞪著梵，一邊自言自語起來

「Babi-Ikan-Makan！」

不對，梵意識到對方其實正嘗試跟梵對話，而且是在短時間內不停轉換各種語言，這讓梵感到有些暈頭轉向。

「Babi-Ikan-Makan！」

「妳到底在說什麼?這樣根本沒辦法溝通啊！」梵露出頭痛般的神情。

面對這樣的窘境和聽不懂的發音，小小年紀的梵也只能夠無奈的搔著頭皮。而『喝粒耶德』似乎也明白梵根本不懂自己在說些什麼，思索了一陣子以後又喊出一段口音很重的話語。

「汝……無……」

梵原本想叫她慢慢說，但這一連串意義不明的話語之中卻有幾個音節引起梵的注意。

「哎？」

梵一雙獸耳突然豎起來並旋轉，耳孔朝向金髮女子；後者知道自己抓對方向了。

「哩賀莫？」她不停重複這句話。

那是個語言是……

「……大明國人的語言！」

儘管荷莉葉特的發音聽來怪異，但表達方面卻意外流暢；梵豎耳一聽，確定那是大明人和族人交易時所使用的語言。

「汝，聽無謀？（你聽得懂？）」荷莉葉特又問。

「呃、聽無？不不，聽無！聽無！（聽懂！聽懂！）」梵興奮地喊道。

「哇係荷莉葉特，哩係梵。聽懂不？（我是和莉葉特，你是梵。聽懂嗎？）」荷莉葉特接著問。

梵覺得眼下的情況既怪誕又好笑；他們兩人雖不懂彼此的語言，卻能夠用第三方的話語對談。

「『喝粒耶德』會講他們的語言。」梵好奇問道。

「他們？你口中的他們是指什麼人？」荷莉葉特笑瞇瞇地詢問。

「大明人、大明人！只有他們會講這種話。而咱為著大明人交易，每個族人都加減學了些。我是他們之中講得最好矣！」語畢，梵還驕傲地挺起胸膛，尾巴也左右甩了幾下。

荷莉葉特點了點頭，說：「我會講大明人語言的原因，也是因為我過去曾和他們交涉過很長一段時間。我請的翻譯官敲詐我一大筆錢，所以我拚死學大明語避免再發生那種代誌。」

「翻譯官是啥意思？」梵歪著頭問。

「那不重要。」荷莉葉特擺擺手道：「既然能夠溝通，這下子就方便多了……」

可是話才剛講到一半，荷莉葉特便不禁皺起秀眉。她微微伸出舌頭，一副嚐到噁心食物的表情。

「這是我剛剛給妳吃的草藥，雖然很不好聞。」梵一邊解釋，一邊把藥草拿給對方看。

荷莉葉特嗅了嗅，臉上立即露出噁心的表情。

「這草會讓妳出汗，沒問題啦！」為了取信對方，他還把藥草放入自己嘴裡咀嚼表示無毒。

「這東西真難吃，你怎麼餵我下去的？」她把雙手枕在臉頰下比了個睡覺的姿勢，再做出吃草藥的動作，讓自己的問題更加淺顯易懂。

「妳問我餵藥的方式嗎？」梵邊說邊指了指自己的嘴巴。

她點了點頭。

「嗯，反正都作過一次了，應該沒差吧？」

梵塞了一小口草藥到嘴中嚼了幾下，然後學著荷莉葉特剛才的手勢招呼她靠近一些。她照做了。等到金髮女子到自己面前之時，梵順勢仰起頭、身子往上一探，毫不猶豫地將自己的唇和金髮女子的嘴相疊。

荷莉葉特當場瞪大雙眼。

不只如此，梵的舌頭撬開了她的粉嫩唇瓣與潔白貝齒，並將嚼成糊狀的草藥送入她的口腔裡面，宛如是牽引著她的舌與之交纏……然後……

「伊呀啊啊啊啊啊啊啊啊啊啊啊啊啊啊！」

第二章

初次見面與互相傷害

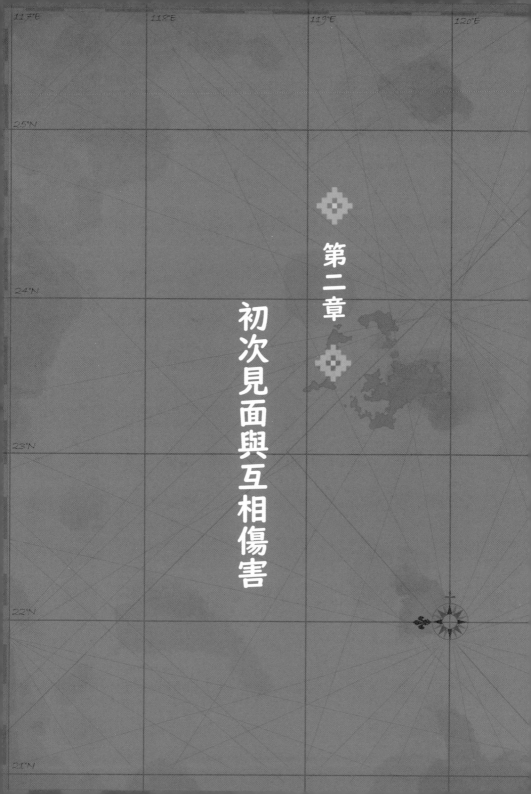

尖銳的驚叫伴隨著一聲清脆的拍打聲，響徹了整片沙灘。

等到梵的腦袋意識到發生什麼事情之際，荷莉葉特已經朝他臉上使勁的搧去一個耳光。力道之大，竟然使他瞬間往旁邊摔了出去，滾倒在地上。

「你你你你你在做什麼！」荷莉葉特怒吼。

「妳、妳怎麼打我？」只見獸耳男孩撫著疼痛的臉頰，泛淚的雙眸一邊轉向金髮女子。可是，這個時候的荷莉葉特竟拔出刺劍，朝著梵的方向就是一陣猛刺外加猛砍。後者大呼小叫起來，當場拔腿就跑。

「站住，你這隻色貓咪！」

「色是什麼意思呀唉唉唉唉唉唉唉唉？」

獸耳男孩感受到前所未有的生命威脅，促使他拱起腰身，並以四肢著地的方式狂跑。

「好快！明明是用四肢腳移動卻超快的！」

現在回想起來，荷莉葉特覺得自己簡直是九死一生；在暴風雨中失足落海，還能存活下來的人幾乎屈指可數。

仰首所見的藍天白雲，以及一旁延綿遼闊的沙灘和碧藍色的海洋，外加一陣帶有鹹味的海風吹拂過來，每一樣事物都讓荷莉葉特感到腦袋清醒了一點。四周南島景致提醒荷莉葉特自己依舊身處於人世之中。

她顯然是被眼前這名原住民所相救。對方自稱為梵，大概是這附近的居民吧？荷莉葉特猜想。她本身對原住民沒什麼敵意，只要他們待人誠懇不欺騙即可。畢竟她在周遊世界時早就見識各種各樣的野人。

真正讓她大為光火的是這名野蠻人居然……居然親了自己！

而且還是舌吻！！！！！！！

「去死！去死！去死！竟然連嘴舌都……都……啊啊啊啊啊！」

荷莉葉特越想面色便漲得越紅。一下子紅通通的，一下子又變成鐵青色，憤怒與羞怯使她的腦袋陷入混亂，胸中的心臟跳快得像是面對狐狸的野鳥一般。

「你親了我兩次對吧！兩次，嗯？所以你要死兩次！」

荷莉葉特沒有逮到梵，因為他以俐落得不可思議的動作爬上一棵大樹的粗枝上頭。梵的動作看起來不像猴子，反而更像一隻身軀柔軟且動作靈活的貓咪。

「妳給我下來！」荷莉葉特一邊在樹下怒吼，一邊揮舞手上的利劍。

「我不要下去。我餵妳吃草藥，妳卻要刺我！」

「下來！」

「鼻要！」

忽然間，蹲在粗枝上的梵發現了什麼似的，伸手指著遠方放聲大叫起來：「妳看那邊！」

「想轉移我的注意力嗎？別以為我會上當。」

「喝粒耶德！喝粒耶德！」

「是荷莉葉特！」金髮女子大罵：「至少共我的名共對，我叫做荷莉葉特。」

「喝粒耶德！」

「吵死人了，我看就是啦。」

荷莉葉特迅速轉過頭瞄了背後一眼；她發誓如果沒有看見任何東西的話，她絕對會宰了樹上那隻色貓咪。

不過荷莉葉特錯了。

位在不遠的淺灘處，擱淺了一艘巨大的木造船隻。

船……

一艘很大的船。

「女王號！」

高聳的旗杆斷成一截，三根桅杆只剩下兩根聳立著，龐大的船身也傾斜四十五度受困於淺灘之上。它從船頭到船尾無不傷痕累累的，卻仍然不失其威嚴。無論樣貌變成什麼模樣，荷莉葉特都確信眼前這艘船正是她所搭乘的女王號。

一時間，荷莉葉特忘了被貓男孩舌吻一事。

她立刻衝向女王號，急迫地想要確認下屬們的安危。但是當她藉由繩索爬上甲板之後，映入眼簾的卻是駭人的景色。

「這、這是怎麼一回事?」

血……

到處都是血。

甲板上沾染了大量凝固了的鮮血，使得原本深褐的木頭色看起來更加黯淡。而這些血跡的主人倒臥於甲板四處，約有五、六具屍體宛如被玩膩的娃娃般隨意丟棄在地面上，其中絕大多數都是這艘船的水手。他們之中有人的喉嚨上被畫了個開口，有的人則是心窩遭利器刺穿一個大洞。

無論死狀為何，他們是在沒有準備的情況下慘遭偷襲；也許，某些人到臨死前都不曉得發生了什麼事情。

突然間，她聽見船艙後方傳來一陣騷動。

她躡手躡腳地來到緊閉的船艙口，發現艙門從裡面反鎖住了。

「誰在裡面躲躲藏藏的，全部給我滾出來!」

荷莉葉特一邊以自己的母語發出怒喊，一邊使勁全力踢破艙門。

「喝啊啊啊啊!」

就在電光石火的那一瞬間，一道殺氣逼人的寒光竟從噴飛四散的木片之間猛然刺出，目標直指荷莉葉特的咽喉。

剎那間，荷莉葉特只感覺到整個時間的行進變得異常遲緩，眼中的世界彷彿放慢了腳步。飛散的木片、揚起的塵灰、就連某個熟悉的喝斥都變成拖著長音的刺耳嘈雜聲。

「想得美！」

千鈞一髮之際，荷莉葉特出劍架開這致命的一擊。

鏗！

兩把武器撞擊的一瞬間，空氣中震盪出一陣金屬噪音，強大的衝擊力甚至令荷莉葉特向後滑了一步。

金髮女子定睛一看，對方擁有一頭濃密的酒紅色秀髮以及綁得高俏的馬尾，襯托出那一張漂亮得出奇的瓜子臉。細長且略微上翹的眸子，勾勒出深邃的雙眸。她的眉宇間透露出的一種銳利的神態，形容為俊俏都不為過。

舉手投足宛如貴族般高雅，又同時具有獵犬的銳目；究竟哪一個是與生俱來的，哪一個又是後天培養出來的？

荷莉葉特並沒有想這麼多，因為她的目光被對方身上所穿的裝備牢牢吸引住了。

紅髮女子身上包覆著密不透風的鎧甲，圓滑的造型甚至給人稍微臃腫的感覺。板甲是人類打造的最完善的個人用防禦兵器。它是用來戰鬥，專門讓使用者在最危險的情況下生存而製造出來的裝備。

「笨蛋騎士？」荷莉葉特喊道。

「暴衝上尉？」對方也不遑多讓。

荷莉葉特撇了撇嘴，薄薄的嘴唇率先發難：「妳到底在搞什麼啊，薩斯姬雅(Saskia)？」

被稱之為薩斯姬雅的女騎士收起長劍。只見她一邊將亂翹的紅髮壓平，一邊將耳際邊的頭髮向後撥，展露出白皙頸部，並勾勒秀美的容顏輪廓。

「原來妳還活著啊，上尉。」薩斯姬雅平靜地回應：「昨晚聽到妳落海之後，我覺得多半凶多吉少了。看來上帝非常眷顧妳。」

「妳剛才的行為才凶多吉少嘞！」荷莉葉特吐了吐舌頭，說：「我差一點就把妳砍成兩半了。」

「依據我多年戰鬥經驗的分析與判斷，應該是我砍了妳才對。」薩斯姬雅說。

「不不不不，再怎麼說，贏的人都會是我。」荷莉葉特說。

「技術上而言，我絕對佔據優勢。」

「要來驗證一下妳的大話嗎？」

「樂意之至。」

正當劍拔弩張的氣氛即將爆發之際，三、四名身穿軍服的年輕男性從船艙後方衝出。他們都是荷莉葉特的部下。

「是上尉！各位快看是上尉小姐！」

「真假，上尉小姐沒事嗎？太好啦。」

「不愧是聖母，果真有上帝的保佑啊！」

年輕的士兵臉上露出孩子般純真的喜悅。

「混帳東西，別一口氣全擠上來……好熱。你們興奮過度了……那隻手在碰哪裡啊喂！」從喉頭深處發出怒吼，荷莉葉特朝部下們的腦袋揮出拳頭。

「痛、痛死啦。這果然不是幻覺耶！」

「我竟能再次感受到聖母的天譴拳頭，我是如此的幸運。」

「還以為上尉小姐死定了。嗚嗚，實在太好了……」

荷莉葉特死命把同袍推開，然後叫他們一一站好。除了剛才那幾名興奮過度如小狗的年輕軍人之外，另外還有更多士兵從船艙後方走過來，身上各處無不纏著繃帶，彷彿不久前才經歷過一場惡鬥。

「臭傢伙們，才一天不見就變成這副哭哭啼啼的德行，身為『公司』的傭兵難道不感到羞恥嗎？」荷莉葉特吼道。

「因為，我們都以為妳已經淹死了。」一名士兵面有難色道：「就算沒被大海吞噬，也可能被殺死了。」

「多虧了騎士小姐的機警，要不然我們不可能活下來。」另一名士兵也說。

「殺死?這到底是怎麼一回事?」荷莉葉特轉頭看向薩斯姬雅。

「我倒想問問，妳是怎麼好端端的活著?」

「這……」

被紅髮女騎士這麼一問，荷莉葉特頓時回想起初吻遭一名獸耳少年奪走的畫面。

當時他連舌頭都伸進來了！

「那種事情晚點再說。」荷莉葉特很乾脆地轉移話題。

接著，她把手指指向甲板上那些屍體，臉上的表情變得既凝重又憤怒。

「死傷有多嚴重？」荷莉葉特問。

「總計有七名船員和三名士兵陣亡，包括船長本人。其他人雖然在戰鬥中受了點傷，但目前沒有性命危險。」

「你們究竟在跟誰戰鬥？」荷莉葉特糊塗了。

「我不知道。」

聽見薩斯姬雅的回答，荷莉葉特的眉頭皺得更深了。

「妳在跟我開玩笑嗎？死傷者這麼多，你卻搞不清楚殺上船來的到底是人還是魔鬼？再遲鈍也該有個限度。」

薩斯姬雅聞言挑了一下眉毛，但她依然按壓住脾氣繼續解釋。

「就在妳落海不久之後，女王號便擱淺在這座沙洲上。我猜妳也是被沖上岸的吧？幸運的傢伙。」

「廢話少說，快講重點。」

「昨晚我們都累壞了，又暈船暈得嚴重，所以我和大多數士兵待在船艙裡面休息。而部分船員則修補船底破損，沒人負責站崗。」

「嘖，所以我才說你們這些貴族，竟然連站崗如此攸關生死的事情都敢忽略掉，真的是不怕所有人都被割開喉嚨砍掉腦袋嗎？算了算了，所以你口中的敵人到底是什麼東西？」

「我說過我不知道。」薩斯姬雅瞪了荷莉葉特一眼。她的表情雖看不出來有任何情緒，冰冷的語氣中摻雜了一絲不悅和不甘。

「等到我聽見甲板那頭傳來打鬥聲時，我們已經失去快十名成員。」

「咕……這幾個人死的真是冤枉。所以敵人藉著暴風雨掩護，爬上女王號發動奇襲嗎？」

「正是如此。」女騎士繼續說：「好在我帶頭擋在船艙入口，這才免於被敵人突破防線，衝入船艙內大開殺戒。對方似乎也意識到自己寡不敵眾，因此自行跳船離去。奇怪的是，死者們的隨身武器卻通通被搶走了。不論是刀劍或者隨身的小刀，只要是金屬製武器全被搜刮一空。」

「死者的武器被搶個精光？難道說敵方的武器十分短缺嗎？而且你確實和敵人交過手，那這樣妳總該看見什麼吧？」

「我聽見了鳥叫。」

「啥？」

「我也聽見了！」一名士兵舉起手附和道：「我聽見那些黑影般的敵人一邊發出詭異的鳥叫聲，一邊揮舞手中的武器。」

荷莉葉特總覺得想起了什麼事情，跟鳥叫有關的……她有點記不清楚了。

「嘖……這樣不就連線索都沒有了嗎？但奇怪了，在這一片漆黑的夜裡，他們是怎麼看見我們的人呢？」荷莉葉特用手指托起下巴開始沉思了起來。

「說不定對方確實是潛伏在蠻荒之地的魔鬼，或是地獄深處爬出來的惡靈什麼的……」

「哈？笨蛋騎士，妳剛才說了啥嗎？」

荷莉葉特抬起沉思著的腦袋，剛才她似乎聽見了薩斯姬雅喃喃自語著什麼。然而，就在荷莉葉特的眼睛觸及對方臉龐的剎那，卻意外捕捉到薩斯姬雅正露出一副擔憂、苦惱和懼怕的表情。

那是她從未見過的，紅髮女騎士鮮少表露出來的複雜神情。

「沒事，沒什麼。我是說我現在比較擔心的是熱病。」

薩斯姬雅甩了甩酒紅色的馬尾，就連剛才那抹擔憂與害怕的神情似乎也被她給甩到了遙遠的天邊。

「現在有許多船員和士兵高燒不止，而我們的食物和淡水也不充足。」她道。

荷莉葉特抹了抹臉，試著撥開纏在一起的金色秀髮，但糾結的髮絲卻如同當下的心情一樣令人心煩意亂。縱使這名女上尉恨不得立即揪出兇手，她卻不能讓病懨懨且傷痕累累的部下貿然涉險。她不是這種爛長官。

「當務之急是組織一個團隊出外尋找資源，留守的人當然也不能少。」荷莉葉特建議：「如果這附近有原住民住村莊，我們可以和他們交換些物資。」

「就算真的有村莊，也難保他們不是昨晚襲擊我們的人。」

「我剛才查看過死者的傷口，那絕對是金屬利刃所造成的。原住民不可能擁有那種武器。」

「我還是認為風險很大。」薩斯姬雅嘆道。

「妳怕啦？」

「怕什麼？」

「果然身為貴族千金小姐的妳不適合遠征啊。竟然在搖晃不定的船上披著鎧甲走來走去，還把它當成能救你小命的護身符。缺乏常識也該有個限度。」

「身為傭兵頭子的妳也絲毫不明白什麼叫規劃和思考啊。想要去和當地原住民交易，卻連對方的底細都不清楚。在這片蠻荒之地究竟有哪個人可以信任？妳能肯定自己不是在將我們全部推向死亡的地獄嗎？」

「想打架啊！」

腦袋忽然閃過一道靈光，頓時讓荷莉葉特瞇起雙眸。

「怎麼了？」薩斯姬雅見狀問道。

「我只是剛好想起一隻貓咪能夠協助我們。」

「貓？」

這回換薩斯姬雅皺起眉頭。

＊＊＊

即便知道自己正露出一副愚蠢到爆的表情，梵也無法闔上張大得快脫臼的嘴巴。

位於海邊沿岸，獸耳少年梵此刻依然坐在一棵榕樹的枝幹上頭，遠遠眺望著那艘既龐大又嚇人的木造船隻。梵這輩子從來沒有見過這麼大一艘船，就算把全村的人都裝下了都不足以塞滿它！

究竟是誰造這麼巨大的船？這艘船又是從何而來？他才剛開始思考上述這些問題，更加震撼的景色緊接著呈現在他眼前。

「除了太陽色的頭髮，世界上還存在火焰顏色頭髮的大姐姐……」

放眼望去，被梵稱之為「喝粒耶德」的金頭髮女人正從船的那頭走過來。與她並肩同行的是另一位身材修長的女子，她跟前者一樣擁有椰奶色的肌膚，而且頭髮呈現出火焰的顏色！

艷麗的紅色秀髮隨風飄逸，宛如火焰般在空氣間飛舞著。喔不，那顏色看起來更接近刺桐花！而且她的後腦上還綁著一種梵從未見過的髮型，伴隨步伐一躍一躍輕盈跳動的，看起來像是動物的尾巴……獸耳少年忽然有種想伸手抓那根尾巴的衝動！

回過神來，荷莉葉特再度回到榕樹下方，用食指比向地面。她揚起頭對著梵喊些什麼，語氣仍然兇巴巴的。

「梵，立刻落來。」荷莉葉特用大明語命令。

「我不要下去，妳會拿那東西戳我！」梵的回應在意料之中。

「梵，下來！」她又指了指地面。

「不要！」

「梵！」

他猛搖頭。
站在荷莉葉特身邊的紅髮女人冷眼旁觀好一會兒，完全沒有介入的打算。
兩人就這麼一來一往互喊，最後惹得荷莉葉特再度從腰際間拔出了刺劍。
「看吧，『喝粒耶德』就是想欲拿尖尖的東西戳我……欸？」
荷莉葉特將那把細長的武器丟到不遠處的沙灘上，並且張開雙臂呈現擁抱的姿勢，表示自己身上手無寸鐵。
「我希望你幫我一些代誌，你可不可以下來？」她說，語氣裡已無先前的殺意。
見狀，梵的貓瞳孔漸漸擴大，原本夾在雙腿間的長尾巴也垂了下來，如同鐘擺般小幅度左右擺動，似乎有稍微放鬆的跡象。
接著，荷莉葉特從口袋裡拿出一塊圓形物體，她一邊高舉那小東西，一邊向梵招手過來。那塊陌生的東西約有手掌般大小，外表呈現黃褐色形狀，還有幾個洞。那是特別為了在遠洋航行時而製造的硬餅乾。
「這東西可以吃嗎？」梵問。
大概是注意到梵狐疑的眼神，荷莉葉特的臉上擠出一抹微笑。
「當然可以囉，快點吃看看。」她說。
梵禁不住好奇心的驅使，緩緩爬下榕樹來到荷莉葉特面前一公尺處。金髮女子伸出手把壓縮餅乾遞給獸耳少年，然後用雙手做出啃食的動作。

「那我就恭敬不如從，啊嗯……」

梵咬了一小口後就立刻把那塊東西丟掉，臉上露出十足厭惡的表情。

「……這東西怎麼硬得像石頭一樣，而且味道好怪。呸呸呸！妳都食這種噁心的石頭過活嗎？」

荷莉葉特看見梵丟掉餅乾非但沒有生氣，反而開懷大笑起來。

「沒錯喲，這種餅乾實在有夠難吃。所以能不能請你……請梵替我找一些能入口的食物呢？當然，我會跟大明人一樣拿東西跟你交易，絕對不會虧待你。」

梵大概懂了，「原來如此，妳的船卡在沙灘上動彈不得，而且又沒有好吃的食物可以吃……既然不想吃石頭，可以吃肉乾呀！」他邊說邊從腰際間掏出一塊鹿肉乾給荷莉葉特。

「我需要很多很多食物，一塊肉乾根本不夠。」荷莉葉特搖了搖頭，並且大大張開雙臂，彷彿要擁抱全世界一樣。

「也對，想必那艘船上還載著許多人。」梵低頭沉思了一下，接著說道：「我必須回去找村人商談一下。」

不過正當他準備轉身離去之際，卻被荷莉葉特一把抓住肩膀。

「妳聽得懂嗎？『喝粒耶德』，我要返回村裡了！返回村裡！」梵重申一次。

「我作夥一塊走吧。」荷莉葉特說。

「我才不要讓陌生人拜訪村裡，老一輩的村民一定會很生氣，甚至把我臭罵一頓。」

「那就由我跟他們交涉。」

「我才不要，被罵的又不是妳！」

但荷莉葉特不甘心讓梵就這麼離開，她似乎覺得對方會一去不返。

「放手啦！」梵掙扎著，說：「我不想把妳帶返回村裡，天知道會引起什麼騷動？況且我又沒有幫妳找食物的責任！」

「既然如此的話……」

說著，荷莉葉特竟從長靴中掏出一把匕首！

「居然還偷藏一把武器！妳、妳想幹嘛？」

梵還沒來得及反應過來，那把小刀已經被荷莉葉特強硬地塞到獸耳少年手裡。

「妳給我這支武器，是要我帶妳返去村莊找食物嗎？」梵問。

「拜託嘛，這支匕首是我的珍藏寶貝，你甚至不可能向大明人買到這麼漂亮的東西喲。」荷莉葉特點頭說。

「嗚……」梵低頭望著手中的匕首，獸耳朵與貓尾巴激烈地左右轉動和搖晃，顯然正陷入一陣天人交戰。

他從來就沒有見過這麼漂亮的武器，這把匕首簡直讓那些大明人使用的刀具相形失色。這把短刀很厲害，那艘船也很厲害；似乎只要跟這個金毛女人扯上關係的事物，都遠遠超出梵的想像！

梵的內心突然有個大膽的想法。

「好吧，『喝粒耶德』還有那個……莉桐花頭毛的女人？」

「這個紅髮女人的名字叫做薩斯姬雅。她不會講大明語，所以咱們可以盡情講她的壞話喔。嘿嘿嘿。」荷莉葉特打趣道。

「沒問題，『喝粒耶德』和薩斯姬雅對吧？妳們要跟緊我，別找不到去路囉。」

「為什麼你講她的名字就這麼順口，我的名字就哩哩辣辣？」

「咱出發囉。」

「喂！」

在不遠的將來，當這名獸耳少年回顧這段記憶的時候，他完全無法想像這個抉擇即將替自己……以及他的族群開啟通往全新道路的大門。

＊＊＊

他們三人沿著一條河往上游走了四分之一荷哩，就看見一片沼澤地。

乍看之下，這是一片平坦的不毛之地，沒有生長任何樹木。但是在陽光的照耀下地面閃著晶晶亮亮的光輝，路過時讓人為之刺眼。

「這些閃閃發光的是什麼東西？」薩斯姬雅蹲下來摸了一把泥土，用手指搓了搓沾在指尖上的晶體。

「這些是鹽巴。」荷莉葉特不敢置信道：「妳這個來自上流社會的女人怎麼可能沒吃過鹽——啊，也是啦。妳不可能看過鹽田。」

「原來鹽是種出來的！」女騎士露出一臉錯愕的表情。

「是用曬的，傻子！不然妳以為鹽是哪來的？」

「我怎麼可能知道？」薩斯姬雅坦然地回答：「鹽就是鹽。」

「嗚啊，不愧是千金大小姐……」

「妳的口氣聽起來很刺耳。」薩斯姬雅狠瞪對方一眼。

「妳喝一口河水看看。」荷莉葉特忽然說。

「我才不要。」

「喝一點點就好。」

薩斯姬雅望了對方一眼，然後用手掌捧起一口水湊到嘴邊。

「好鹹！」她馬上吐掉。

「哇哈哈哈哈，超鹹的對吧。」荷莉葉特指向河水，像個老師在指點學生般說明著：「妳瞧瞧，這裡的水是鹹的。漲潮時會淹過一部分的陸地，退潮後平埔的便會出現許多鹽鹵，形成一處廣大的天然鹽場。」

「所以說，這些貓咪人不缺鹽囉？」

「這我就不曉得了。」荷莉葉特環顧四周，說：「這塊土地似乎沒有被開發過……」她感到有些不可思議。

「另一個姊姊到底在衝啥？」這時候梵回過頭，用大明語對荷莉葉特問道：「這裡的水不能喝，她連這一點都不知嗎？真可憐……」他以充滿同情的眼神望向薩斯姬雅。

「（瞪）」

「我們該趕路了。」梵馬上裝作沒看見。

他們又朝上游走了一小段時間，周圍的環境逐漸轉為普通的林地。

「喂，薩斯姬雅！」荷莉葉特忽然叫了一下。

「請問有何貴幹？」薩斯姬雅正經八百回應她。

「我的老天爺，妳們貴族說話一定要這麼詭異和饒舌嗎？」

「說。」

「妳為什麼要一直盯著那隻貓咪的屁股瞧？」

「咳……不愧是鄉下出身的鄉巴佬傭兵，說話總是這麼粗鄙低俗。」

「我說的是實話嘛，妳從剛才就一直盯著他的屁股不放！」

「我只是對臀部上他的貓尾巴感到好奇，畢竟我們從未遇過這種貓野人。」

「臀部？呵，妳用的詞彙還真有格調。我認識幾名貴族夫人，她們私底下對男性的屁股有種奇妙的愛好……」

「妳明白我們當下的處境嗎？」

「正因這種時候，才應該找點樂子放鬆一下。」

「在尋找樂子的時候，我強烈希望妳沒忘記回到女王號的路線。」

「放心啦，我們距離海岸約十分鐘的步程，附近的地形也挺好認的。」

「妳覺得其他船員和士兵安全嗎？」
「放心吧，他們都是值得信賴的傢伙。而且我已經依照人力安排適當的巡邏和站崗班次，不會有事的……妳瞧，這裡有好多竹子呀。」
經荷莉葉特一提，薩斯姬雅這才注意到周邊的環境由樹林逐漸變成竹林。
「我覺得這幅景象挺賞心悅目的。」荷莉葉特開心地說：「想開一點，至少跟我們打交道的野人智力並不低。」
「妳怎麼知道？」薩斯姬雅皺起眉頭。
「我發現每片竹林之中都有好幾塊小空地，栽種著各種各樣的植物或水果。此外，住在竹林中不僅陰涼，還可以使居民免於日曬雨淋。從這一點來看，他們還算有些腦子。」
「原來這裡是田地？」
「同時也是居所。他們的村莊幅員似乎相當廣大，只是沒有蓋城牆，而是由竹籬劃分土地。這群野人將家屋建造得分散且稀疏……妳瞧，那邊又有一棟。」
荷莉葉特不得不承認這個民族擁有美麗高大的房子。
她能自信地說，過去她在全印度半島上都看不到比這更精緻，更漂亮的房子。所有房屋都建立在隆起的地基上，推成一個成人高的高度，並用黏土固定住。房子本身是由少量木材蓋成，沒有閣樓。屋頂全為竹子編織且層層堆疊，上面再放上茅草，牢固可靠，雨水不滲、招風不損。
即便只是遠觀，荷莉葉特也察覺得出其建築技術精巧細膩，絕不遜色於歐洲師傅。

「沒想到這群野人的技術這麼優秀。」荷莉葉特不禁望向走在前頭的獸耳少年背影。「……明明只是一隻發情貓咪。」她嘀咕了一聲。

行走十幾分鐘後，他們三人終於抵達了目的地。

呈現在眼前的是一座坐落於河流旁的小村莊。此處地理環境十分方便，只要乘著小木筏隨著河流駛向下游，十分鐘便可抵達海岸線。若繼續往東走就會碰上峻嶺以及濃密的叢林，幾乎難以跨越。

不過真正令兩名異國女子詫異的，是舉目所及的貓人景象。

「好多獸耳、好多尾巴……」薩斯姬雅喃喃自語著：「好軟好好摸的感覺……」

「妳剛才說啥？」荷莉葉特問。

「沒有。」女騎士馬上瞥開視線。

儘管人口稀疏，但見到這麼多貓人還是挺震撼的。

無論男女老少，每一位野人的頭都頂著一對黑底白紋的貓咪耳朵，臀部上也探出一條佈滿黑色斑點的貓咪尾巴。他們的男性身穿粗布或獸皮製成的單件背心，雙手雙腳裸露在外頭，就跟梵的穿著差不多。有些女性則多加了件草裙或麻布製的裙子遮住私處。

在場的貓人先是杵在原地，呆愣了整整十秒鐘。

緊接著，他們不約而同開始喊叫起來，並以最快的速度一哄而散，紛紛躲入屋內，彷彿這兩個異族女人會帶來什麼可怕的災難或瘟疫一樣。

不過他們仍忍不住從窗台或門口探出半顆腦袋偷看，露出圓滾貓眼和獸耳，使得這幅畫面看起來十分滑稽可愛。

「接下來該怎麼辦？」薩斯姬雅問，右手緊抓著劍柄不放。

「從西方航行到東方途中，我曾經和無數野人民族交涉過，所以妳就乖乖在站在旁邊當個花瓶就好。」荷莉葉特提醒自己的同伴。「進入貓咪村之後緊跟著我。另外，也不要對著樹叢大小便，保持禮貌。如果非要惹事生非，也是由我先起頭。」

「為什麼我覺得妳才是該自重的那一方？」薩斯姬雅瞄了金髮上尉一眼。

「總之把這場面交給我就行了。」

「好吧，反正我也不曉得該跟這群……貓咪……說些什麼。」

「假如等會兒出了任何差錯，我會立刻奔向最接近地平線的另一端，到時候妳可要跟緊我。」

「我突然覺得讓妳來交涉是個餿主意。」

這時梵轉過身說些什麼，伸手指向自己的同胞，不斷重複同一個單詞：「巴巴蘭、巴巴蘭！」

「巴巴蘭？」薩斯姬雅皺起眉頭。

「我猜巴巴蘭大概是他們這個族群的名字。」荷莉葉特說。

「妳怎麼知道？」

「因為我學過一點南島方言，大小姐。」她說：「這個字眼很接近一種對豹貓類動物的稱呼。妳看他們身上都長著獸耳和貓尾巴，所以事實八九不離十。」

「那妳還會說些什麼？講給我聽聽。」

「Babi－Ikan－Makan！」荷莉葉特忽然很開心地大喊。

「那是什麼意思？」薩斯姬雅完全摸不著頭緒。

「那三個字的意思分別是：豬、魚、吃。」

「為什麼妳懂的字眼都只跟食物有關……」

過沒多久，剛才躲起來貓族巴巴蘭人一一從房屋內現身。儘管雙方仍保持一段安全距離，好奇心中就顯然戰勝了恐懼。他們圍繞荷莉葉特和薩斯姬雅兩人，嘰嘰喳喳地談論著什麼。

被一大群野人所包圍住，荷莉葉特的雙眸裡毫無懼色。既然他們在打量自己，那麼她也大方打量巴巴蘭人的外貌。她覺得比起在南方島嶼見到的土人，本地居民的膚色淡了許多，男人和女人之間的體型也沒有非常懸殊。

一旁，薩斯姬雅緊皺一雙秀眉，抓著劍柄的那隻手依然沒有放鬆。她並不是不屑這座村莊或這群巴巴蘭人，而是很……困惑，並且不知道該做何反應。荷莉葉特聳了聳肩，這種經驗對貴族女騎士來說可能太新鮮了。

啪！

「咦？」

啪啪！

「怎麼？」

啪啪啪啪啪啪！

「是誰在拍我的頭髮？」

薩斯姬雅身後傳來一連串興奮的叫聲，又傳來”啪啪啪啪啪啪—“的連環悶響，她的馬尾隨即傳來一陣意料之外的衝擊。

她轉過頭來，視野內正好映入一群年僅七、八歲貓人小男孩和小女孩。數十雙有如核桃般圓滾滾的大眼睛直勾勾盯著女騎士紮在腦後的馬尾，而一雙雙小手還伸在半空中，他們很明顯的就是偷襲自己馬尾的兇手。

「你們在幹嘛？等等，別在再了。快住手啊！」薩斯姬雅不停轉身想避開巴掌攻擊，但她越是移動、馬尾擺盪幅度越大，貓孩子們就打得越開心。

「救救我，荷莉葉特！」她向夥伴求救。

「沒想到妳已經和野人打成一片了，真令人吃驚。」

「等會兒我要妳好看！」

位在不遠處，梵正在安撫村子裡的大人，並且通知他們兩名異族女人的到來。只不過他的視線偶爾會飄向她們身上，確保這兩人不會亂來。

此時的荷莉葉特雙手抱胸，挺直腰杆、目光傲然，彷彿像一顆巨大的榕樹般聳立於大地之上。他發現這名金髮碧眼的女子無論身處於任何環境，依然能夠露出輕蔑的神態。梵很想請教她是如何在揚起單邊眉毛的同時，擺出超級不屑的眼神？只不過他沒這麼無聊。

另一方面，薩斯姬雅正在閃避一大群由貓咪小孩組成的巴掌攻勢。更甚者，她始終冷若冰霜的表情在屁孩們凌厲的攻勢下變得慌慌張張的，就連梵都覺得有意思起來，還帶了點羨慕和忌妒。他也想去拍打她的頭髮。

「梵，這到底是怎麼一回事？」

這時候，粗啞的嗓音將梵拉回現實。

「我不是叫你和其他孩子去撿流木嗎？結果呢！」

一名年紀較大的巴巴蘭老者直接走到梵面前，指了指一旁堆積成小山的流木，又伸手指著兩名異族女性。他說道：「結果你一根木頭都沒撿到，反而帶回兩個看都沒看過的人回來！」

老者凌厲的目光嚇得眼前這名十二歲少年身體僵直，絲毫不敢輕舉妄動。梵天不怕地不怕，就怕村子裡的老人。他們雖算沒有實質統治權力，其影響力依舊不可小看。

「她……她們的船卡在海灘上動彈不得……」梵結巴道。

「從外海來的？」老者問。

「是的，搭乘超大的一艘船！」

「而你就這麼傻傻地帶她們回來村子？你知道這舉動有多危險嗎？」

「我知道，但船上還有更多人正在等待援助，他們需要肉和水。」

「我們都自顧不暇了，你怎麼會認為我們還有餘力幫這些異族人？」

「我認為這些異族人能協助我們渡過難關。」

「協助我們？」

「我……」

「夠了，先叫其他族人過來。」長者揮了揮手，直接打斷才剛說到一半的梵。「把全村的村民都集合起來，我們必須討論這起重大事件。」

「遵命！」

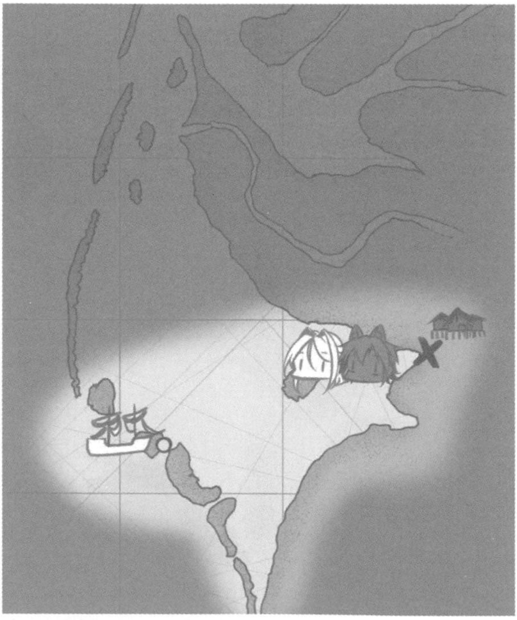

第三章

不速之客

然而，巴巴蘭人的會議還沒開始，就被一串尖叫和哀鳴聲給打斷。

「不好了！不好了！」

一名巴巴蘭青年跌跌撞撞地跑向梵和其他村民。

「搞什麼？這樣慌慌張張的成何體統？」巴巴蘭老者不悅道。

那名巴巴蘭青年上氣不接下氣，手撫著胸口，喘了幾口一會兒才能開口說道：「他們……他們……」

「誰？」老者問。

「他們又……又來……」

「究竟是誰來了？」梵急切地打斷他。

青年手一指，所有人幾乎是在同一時間往那個方向望去；其中也包括荷莉葉特和薩斯姫雅。

「唉喲喲，這個村莊還是一副窮酸樣呢。」

「哈哈，上一次來光顧時就沒搶到什麼好東西，只有難以下嚥的肉乾雜糧。這些番仔實在番得要命，只能做出一堆豬食。」

「那不就只是餿水嗎？哈哈哈哈哈哈！」

「沒關係，今天這些野人再不拿些好東西孝敬老子們，咱就將房子全折了！然後抓上幾個水姑娘回去……嘿嘿嘿嘿！」

極盡諷刺之能事的說話聲，傳入了眾人耳裡。

與此同時，十名手持大刀以及匕首的男人朝眾人走了過來。他們對著巴巴蘭人比手劃腳，偶爾還會說些威脅的話，或舉起拳頭和武器作勢傷人。

梵瞇起雙眸打量這十個人的外貌。他們之中有的皮膚較黑、有的鼻子扁平、有的特別矮小。雖說梵至今沒離開過超過自己家鄉幾公里的地盤，他也看得出來這群水手來自不同地區。他們外表冷峻、眼神虎視眈眈又凶神惡煞，赤裸的上身也佈滿新舊刀傷。與其說他們是獵人，更接近殺人不眨眼的戰士；就是那種喜歡看見血液、汗水和眼淚，而且全部來自你身上的傢伙。

簡單地說，他們絕非過去巴巴蘭族打交道的大明商人，而是那種把船停在岸邊，上岸打搶附近村子的壞人……雖然有些時候，就連梵本人都分不太清楚大明商人和壞人的差異。

「是倭寇。」「是海洋。」

荷莉葉特與梵不約而同地用自己的語言，道出了眼前這些人的身分。

「梵，你要小心點。」荷莉葉特低聲對梵說道。

「他們不是大明商人，是海洋。」梵說。

「海洋？」

「就是……在海上做壞事的人。」

「也稱之倭寇。」荷莉葉特說，比較像在跟自己說話。她問：「他們常常出現嗎？」

「有些時候大明人商人會出現，有些時候海洋會出現。」梵說：「我們討厭海洋，他們愛搶糧食、搶寶物。我們不喜歡。」

「想想也是。」荷莉葉特苦笑道。

梵可沒有笑，因為他實實在在厭惡海盜。

巴巴蘭人日出而作、日落而息。他們的生活並不富裕，種植不超過自己所需的糧食分量。這是流傳已久的生活方式。可是海洋、海盜……這些凶神惡煞的人總會不知從哪兒現身，到處搜括值錢的物品（多半從大明人那買來的衣物），沒有的話就奪走原住民的糧食。雖然有人試著和他們理論，結果惹來的卻是一陣拳打腳踢。

很久以前，巴巴蘭人會把竹子削尖做成長槍，並以弓箭和少數鐵製武器群起對抗海盜。但隨著時間推移，海盜數量似乎越來越多，而巴巴蘭人卻越來越少；再者，梵的部落原本人數就很少、勢力又單薄。他們變得逐漸無法承受接踵而來的衝突。

明明在巴巴蘭人的社會中，對盜賊的行為有非常嚴厲的處分，犯者會被砍掉尾巴並逐出村子永不得歸來。所以他們可以夜不閉戶，穀倉地無人敢偷竊。可是面對強大的外族人，這群巴巴蘭人又不希望和對方產生衝突和戰爭，無謂地失去珍貴的族人。

結果，就是這份純樸遭到心懷惡意之人給利用——

就像當下一樣。

「還愣在這裡幹嘛？趕緊把吃的東西拿出來！」一位明顯是海盜頭子的男人大聲咆哮。

他的身材看起來比較像是北方人，身材比起矮小的南方大明人更加高大健壯；也許正因如此，他才成為這群人之間的頭頭吧？

可是這話聽在耳裡顯得極端的刺耳，梵長久以來壓抑的怒氣終於爆發了。

「昨晚的暴風雨把我們很多房子都吹倒了，就連穀倉裡的穀物和肉乾都浸水了。我們沒有多餘的食物分給你們吃！」他喊了回去。

「幹恁娘，區區番人竟然這麼對老子講話？」海盜頭子跨出大步靠近梵。他雖壯碩，卻長得一副邪裡邪氣，一眼就能夠看出不是正派人士。搭配抓在手裡的恐怖大刀，實在難以預料他什麼時候會出手砍人。

「我愛怎講話，就怎麼講話！」梵毫不畏縮迎向海盜猙獰的眼神：「我已經受夠乖乖聽話的日子了。就是因為任由海盜胡來，我們的食物才越越少、力氣才越來越弱！」

「真敢說呀，死囡仔。你可知不乖乖聽話的下場嗎？假使不拿些東西滿足老子，我就把你的長尾巴砍了，帶回去掛在厝裡的牆壁上當作戰利品！」

「你才沒有家。」

「你說啥？」

「你這款在海上飄來盪去的歹人才沒有家！」梵又說了一次，耳朵的毛和尾巴的毛都豎了起來。

「那個……海盜大人。這個囡仔無惡意，他只是……」巴巴蘭老者走到他們之間，試圖緩和氣氛。

可是，海盜頭子卻一掌將年事已高的對方使勁推開，導致巴巴蘭老者整個人跌坐在地，痛得一時間無法起身。

「滾開！臭老頭，我現在就拿這隻死貓仔祭旗，從今以後恁這群番仔就會乖乖向我們進貢！」

「住……住手……咳咳……」

「快來人呀！」

現場頓時揚起巴巴蘭人的尖叫、海盜的怒吼，而亂哄哄的，所以——

「真是個天賜良機。」

——所以，當金髮碧眼女子露出笑容的那一幕，誰也沒看見。

＊＊＊

「那個，拍謝打擾一下。」

如銀鈴般清脆的女性嗓音，不合時宜地闖入一觸即發的混亂之中。

「哈？」「什麼？」「呃……」眾人露出極為困惑的神情，轉頭看向聲音來源。

說話者是一名身材姣好的美女。

她擁有一頭豐厚的金髮，以及如同洋娃娃般精巧美麗的五官。細嫩雪白的肌膚從脖子間露出來。一身筆挺的藍白色軍裝套在曲線明顯的胴體上，使得金髮女子更加明豔動人；不過最引人注目的還是這女人一雙細長的眼睛，雙瞳閃爍精明俐落的神色，使她看起來就像一隻獵鷹般致命。

那個人——荷莉葉特——金髮碧眼的異族女人，她踩著優雅的步伐走向這群凶神惡煞的海盜，性感的嘴角隱約勾起一抹嘲弄的笑意。

「孩子們、孩子們，可別打起來了。」她一邊說著，一邊拍了拍手掌，好似一位正在維持秩序的船長。

直到此刻，海盜們這才將注意力轉到異族女人身上；也許他們太過專注於自身赤裸裸的慾望，以至於沒有發覺她們的存在。他們先是面露驚愕之色，然後盡量擺出不可一世的神態。

「老大，那裡有個金頭髮的查某？還有紅頭毛的……這兩個娘們到底是誰？」一名海盜對著老大咬耳朵。

「嘿，妳們是打哪來的？」海盜頭子不客氣地問道。

「我只是剛好路過而已，請各位別介意喲。」荷莉葉特故作姿態，決定不把自家船隻擱淺遇難一事全盤托出。

雖然荷莉葉特長得一副金髮碧眼的番人樣貌，卻說得一口相當流利的大明話，這使得海盜頭子露出一抹興味盎然的神情。

「區區一個女紅夷，說起話來倒挺流利的嘛。」他問：「難不成妳跟我的同胞相處過？」

「不止相處過，我跟大明人交涉過好長一段時日嘞。」荷莉葉特回答，臉上露出意味深長的笑容。

「真不錯，一個會講大明話的紅夷！而且是個查某！」海盜頭子大笑道：「我看妳就別待在這裡陪這群垃圾的野貓，乾脆回去我的船上喝幾杯酒。我不會虧待妳們的。」

有一瞬間，薩斯姬雅感受到海盜用貪婪噁心的目光舔拭她，令這名紅髮女騎士不禁打了個冷顫。至於荷莉葉特則是一副老神在在的模樣，似乎早已習慣那種充滿肉慾的目光。

「我拒絕。」荷莉葉特想都沒想便回答。

「別這樣說嘛。只要乖乖聽話，我就會溫柔對待恁兩個。不然的話，我們會用稍微暴力的方式，妳覺得我們喜歡暴力，還是和平呢？」

海盜們全都訕笑了起來，看起來非常低級。

「妳在笑啥，荷莉葉特？」薩斯姬雅問。

「好玩罷了……」

荷莉葉特輕咳了聲，斂起正經神色說道：「我有代誌要忙，沒時間玩耍。可以請你滾遠一點嗎？」

「妳剛剛講啥？」海盜頭子一時間反應不過來。

「哎，我剛剛講了什麼嗎？我只是個柔弱的紅夷女子，也不是那種背地裡講人壞話的人，可以請你不要用那種狐疑的眼光看著我好嗎？」荷莉葉特忽然間露出受傷的表情。

「真奇怪，我好像聽見了什麼……」

「也許你不只爛到骨子裡去，連耳根子都爛光，這才聽見魔鬼的耳語。嘻嘻。」

「妳、妳果然講了些過分的話吧？」

「唉喲，竟然被聽見了。」

「少瞧不起人了，臭查某！」

海盜紛紛舉起武器並面露猙獰的神情，現場的氣氛再度一觸即發。

「要上囉，笨蛋騎士。」荷莉葉特似乎很開心。

「為什麼妳一定要惹怒對方？」薩斯姬雅白了自己同伴一眼。

「因為那樣很有趣！」

令人意外的是，薩斯姬雅這回沒有發怒。

「唉，雖然我聽不懂你們講的話，但我大概猜得到是怎麼一回事。我也討厭海盜，他們簡直就是一群不用漁網捉魚的敗類（Hij vangt vissen met zijn handen）。」紅髮女騎士說。

「什麼意思？」

「從別人勞動中獲利的人啦！妳怎麼連這句諺語都不懂？」

「我書讀得少，你不要騙我。」

「我沒騙妳！」

正當兩人互相吐槽之際，海盜已經殺過來了。

他們一擁而上，舉起斧頭和柴刀朝荷莉葉特的身上招呼。

有那麼一瞬間，荷莉葉特似乎沒有閃躲的打算。

但只有一瞬間而已。

荷莉葉特右手握劍，左手置於身後，以流暢的動作側身避開正面衝擊。右手優雅地往上一揮，她當場在其中一名海盜身上留下一道長長的血痕。

「砍歪了嗎？」梵皺起眉頭，有點搞不清楚狀況。

此時，另一個海盜高舉斧頭劈砍過來。荷莉葉特往後一跳，避開呼嘯而過的利器，同時感受到一陣冷風掠過自己的髮絲。緊接著，她迅雷不及掩耳的踏出右腳，藉由體重壓低身體的箭步往前突刺，整個人就像是繃緊的弓弦、爆發！

「『喝粒耶德』又砍歪了？」一旁，梵暗暗低喃道。

細長的刺劍刺入敵人的手臂裡，沒有遇上半點阻力。她拔出刺劍，劍身染上一層鮮紅色的血液。那名海盜立刻尖叫著轉身逃跑。

「殺、殺掉那個臭女人！」

其他海盜見狀蜂擁而至，逼得荷莉葉特往旁一滾。

搭配一個轉身，她幾乎是立即就回正身子。荷莉葉特把重心放在右腳，猛力揮劍，甚至連空氣都發出尖銳的嘶聲。

命中——荷莉葉特成功在第三名海盜的腹部上劃出傷口，而後者也抱著肚子大叫，幾乎想都沒想就落荒而逃，讓其他夥伴殿後。

意識到一對一對打不可能擊敗這名金髮女子，剩餘的七名海盜打算以數量優勢壓倒對方。一連串充滿殺意的攻擊不斷襲向荷莉葉特；只要被擊中一刀、甚至是一個分神，她那姣好的身體大概就會砍成肉醬吧？

儘管如此，留著金色長髮的女上尉始終保持著完美的平衡感。她猶如一名訓練有素的舞者般躍動、閃躲海盜如狂風暴雨般的攻勢。她流暢又不失優雅的步伐，搭配轉動手中利刃精準的弧度，不斷在如狂風暴雨般的攻勢中找出空檔以及破綻，並出手劃傷敵人。

旋轉、擺盪、跳躍，流暢的動作配合著高超技術，荷莉葉特在數名敵人的圍攻之下毫髮無傷。

「等等，為什麼都是我在打？妳怎麼不來幫一下啊！」

荷莉葉特目光一瞥，突然意識到薩斯姬雅站在一旁保持著隨時能夠應戰的姿態，卻完全沒有加入戰局的打算。

「喂，薩斯姬雅！」荷莉葉特一邊呼叫，一邊試著避開襲來的攻擊。

「我從來沒有說過會幫妳打架。」薩斯姬雅冷冷道：「我會待在旁邊防止巴巴蘭人受到波及，妳就負責把邪惡的海盜給擊退。」

「薩斯姬雅，妳這討人厭的貴族大小姐！！！！！！」

荷莉葉特嘴裡吐出充滿恨意的怒吼，不過卻是將這份怒氣發洩在身邊的海盜身上。

「這個紅夷到底是怎麼回事啊？」「以一個查某家來講太強了吧！」「痛、手好痛呀，果然還是三十六計走為上策……」

包括身材壯碩的海盜頭子在內，幾乎所有海盜的手腕、大腿或身體都被荷莉葉特細長的刺劍所劃傷，全身上下不斷無不沾染了鮮紅色的血漬。

「『喝粒耶德』！」梵突如其來的吶喊，同時引起海盜和荷莉葉特的注意。

這時他彎腰撿起地上的小石子朝海盜丟去，其他和梵年紀相差不多的貓人孩童也跟著這麼做，嘴上罵出「滾開！」「滾得遠遠的！」「不要再來我們村子了！」。

眼看人數優勢無法擱倒金髮女人，小石頭又在自己身上砸出一道道瘀青，海盜們紛紛丟下武器落荒而逃。

「臭女人！我會記住這筆帳的，我會記住——咕哇！」海盜頭子臨走前，甚至被梵丟出的一顆石頭正中眉心。

「哼哼哼哈哈哈，逃吧！像隻落水狗般逃得遠遠的。這才是最適合你們的樣子啦！這些倭寇根本就只是一群無能的垃圾，聚在一起也只會是一團更大團的垃圾，不會變成一塊黃金的啦。」

「黃金……那是什麼啊？」

聽見荷莉葉特的笑聲與嘲弄，梵忍不住開口詢問。然而，也就是在這時，荷莉葉特下意識的伸手將自己那頭璀璨的長金髮向後一撥，同時露出了半邊的側臉。

閃閃發光的……好漂亮……

燦爛耀眼的金色髮絲從精雕細琢的纖細指尖輕柔的流洩開來，在空氣之間化成了千絲萬縷，輕盈得彷彿是在翩翩飛舞。儘管氣息仍然有些紊亂，但是那張被汗水給浸染著的微紅側臉，卻是浮現出一抹自然又不做作的爽朗笑容，彷彿剛才的戰鬥和危險只不過就是這名金髮女子的日常生活。

明明就只是一個再自然不過的撥頭髮動作，卻讓貓人少年的心中翻騰出一道道漣漪，心跳似乎也隨著情緒開始莫名加快。是因為海盜們被打退而感到開心的關係嗎？梵並不清楚；也不明白心中這陣陣波動究竟從何而來，他卻能感受到一股暖流從心中緩慢的湧出，流向身心靈的每一個角落。

這樣的感覺雖然從未品嚐過，但這滋味似乎……還不壞？

「你一直看我的臉做啥？」注意到巴巴蘭少年投射過來的視線，荷莉葉特問道。

「無、沒有啦！」梵心神一斂，像是個被逮到偷吃糖的小孩一樣臉紅了起來，馬上轉過頭去試圖掩蓋雙頰上的紅暈。

不過這一轉，梵這才發現周遭的族人正用敬畏又帶點恐懼的眼神盯著兩名異族女人。

「梵，你過來。」

他不只聽見沙啞的叫喚聲，也正巧看見好幾名巴巴蘭老者走了過來，額間不禁滴下一滴冷汗。

看來他還必須面臨一場氣勢洶洶的質問和說教呢。

第四章

異國・異地・異族人

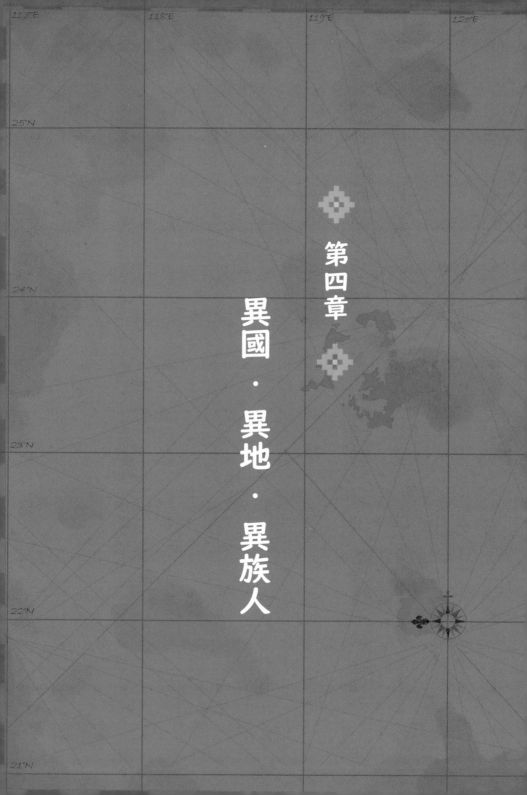

「那兩個異族女人究竟是從何而來？梵，你最好給我解釋清楚。」
「就算你這麼問我，我也不知道呀……」
「如果回答不知道就能解決問題，那麼村子裡就不需要尪姨了！」
「我是在海岸邊撿到太陽色頭髮的女人，火焰色頭髮那位則是她從船上帶過來的。」
「雲豹女神在上！現在我們村子周邊不只有『毗舍邪』和大明海盜出沒，現在又有從未見過的金毛人與紅毛人現身。這是在嫌災難還不夠多嗎？」
「毗舍邪？你指的是大明人提過的怪物嗎？」
「是的，最近這半年來怪物出沒一事鬧得沸沸揚揚的。那些大明人商人為了自保，早已收拾行囊搭船逃之夭夭，只剩下幾個不怕死的傢伙留了下來。」
「那些怪物……毗舍邪有這麼可怕嗎？」
「聽說大明人說，毗舍邪形貌醜陋邪惡，喜好生食活人。牠們行動時來無影去無蹤，能夠在任何時候在任何一處海邊上岸，一遇到危險又跳入水中遁逃而去。以我們現在貧弱的資源和人力，根本難以防範牠們的突襲。」
「哼，我們村子就連面對幾個蠻橫海盜都不敢還手了，怎麼還有骨氣和力量面對毗舍邪？」
「說話尊重一點，梵。雖然族裡每個人都有權發言，但不代表你可以沒大沒小。」
「我只是實話實說罷了。假如再這麼繼續下去，巴巴蘭村遲早會被迫遷村的。」

「等到收集足夠的糧食之後，我們就會往內陸遷移，帶著禮物跟其他村子合併。」

「我已經受夠你們這種軟弱的思維了！各位族人請聽我說，我有更好的辦法！」

「你給我們帶來的麻煩還不夠多嗎，梵？」

「不，我真的有辦法！我們可以倚靠異族人的力量重建村子，甚至保護我們不受怪物、海盜以及其他部落騷擾。這樣子我們就不需要搬離家園了。」

「這群異族人現在連吃的東西都有沒有，哪裡還有多餘的力氣出手保護我們。」

「只要在這個時機伸出援手，我相信她們也會回報我們。異族人的船和武器都相當驚人，這是我親眼見識到的……你們看看這個武器！」

「一把漂亮的匕首無法證明什麼。」

「那金髮女子剛才一個人將十名海盜打跑，難道也算不上證明嗎？」

「這……」

正當梵試著說服族人之際，荷莉葉特與薩斯姬雅始終沉默地坐在一旁觀看他們開會。

除了十名巴巴蘭長者並排坐在廣場中央之外，其餘的村民則是隨意席地而坐；令荷莉葉特感到意外的是，他們竟然給她和薩斯姬雅各一片草蓆！

這代表這個族人待她們如貴賓，應該是個好兆頭吧？荷莉葉特暗自猜想。雖然她連一句巴巴蘭話都聽不懂，但光是透過肉眼觀察就能夠猜測出許多事情。

廣場上，巴巴蘭長者與其他村民平等發表意見，一個人講累了，另一個人就接下去講，希望藉由長篇大論說服旁人接受提案。他們的會議秩序井然，就連像梵這樣的年輕少年都能起身發表意見，口若懸河似地辯論。

「實在太驚人了。」薩斯姬雅低喃道。

「的確，我從沒見過這種景象。」荷莉葉特打從心底同意。

這兩個西方女子驚愕於本地居民的雄辯，口才也令人震驚。一群穿得不多的人，用東方語言在集會大聲演說，給人一種穿越回古代的超然氛圍。

這幅畫面簡直就像是——

「——就像是古希臘雅典的辯論會。」

一時半刻，薩斯姬雅聯想起書本中讀到的古典時代情境；議員花上許多時間辯駁，再自行深思熟慮，最後人民可以接受或拒絕提案。她相信就連古希臘演說家迪摩西尼斯(Demosthenes)，也不會比這群貓咪人更雄辯。

順帶一提，幾百雙獸耳與獸尾巴擺動的景象，放眼望去也格外壯觀。

不過對於梵和其他巴巴蘭人來講，這種景象早就見怪不怪了。這十名巴巴蘭人長者其實沒有很大的權力，他們也不會隨意訂定法律要求族人服從。可是當有困難發生時，眾人必須共同面對，深思解決之道。

直到天色都幾乎暗下來之後，她們倆總算等到最後一位村人說完話，辯論似乎也告一段落。

梵興高采烈地走過來，逕自牽起荷莉葉特與薩斯姬雅的手，拉著她們往族人的方向前去。

只見巴巴蘭人一擁而上，手裡拿著裝有各式各樣蔬果和肉乾的籃子、裝滿竹罐的飲料，甚至還有裝在陶罐裡的香料。儘管部分巴巴蘭長者的臉上依舊帶著不太確定的神情，但絕大多數村民的目光中多了一份友善和敬佩。

梵很興奮地說了些什麼，接著村民們開始遞上那堆禮物，直到荷莉葉特和薩斯姬雅幾乎快拿不動為止。

「夠了！夠了！」荷莉葉特說道，她的雙手已經環抱疊成跟小山一樣高的物品。

「這到底是……怎麼一回事啊？」薩斯姬雅的情況也好不了多少。

梵十分可愛地比劃了幾下，彷彿是在模仿荷莉葉特昨晚戰鬥姿態。接著他又裝出海盜被她打得落花流水、逃之夭夭的動作。

最後，他用食指指向村內幾位長者，後者則點了點頭表達同意的意思。

「你願意幫助我了，是嗎？」荷莉葉特問，但語氣相當肯定。

「沒錯喲，我願意幫助妳和妳的同胞！」梵也改用對方能夠理解的大明語回答。

「這是為啥嘞？」荷莉葉特瞇起湛藍色的眸子，明知故問道。

不過單純的梵沒有想太多，而是興奮地舉起雙臂大喊道：「『喝粒耶德』打敗海洋、打敗壞人。『喝粒耶德』真厲害！我幫助『喝粒耶德』，『喝粒耶德』幫助我，大家都歡喜。」

「說得一點都沒錯，我非常厲害。喔呵呵呵呵！」荷莉葉特仰頭插腰，得意地狂笑起來。

「假使妳真的這麼厲害，剛才應當會把海盜全數斬草除根才對。」這時薩斯姬雅以母國的語言插嘴道：「現在他們全跑了，誰知道他們未來會不會再回來。」

「相信我，他們會回來的。就算不是為了搶奪巴巴蘭人的資源，也會為了找我們倆報仇而來。」

「別把我算進去。再說了，這都是因為妳的失敗而造成。」

「失敗？正好相反，我本來就想留他們一條生路。」

「啥？」

「別露出一副白癡模樣，騎士大小姐。」荷莉葉特聳肩道：「巴巴蘭人並不笨，他們也知道這群海盜總有一天會回來尋仇。所以只要海盜還活著……至少，短時間內在某個地方活蹦亂跳的，那麼巴巴蘭人就會需要我們的保護，畢竟他們無法預測海盜什麼時候會現身。」

「所以妳刻意引起事端，甚至放海盜一條生路，都是……」

「全是一場即興演出喲。」荷莉葉特微笑道：「不僅僅是向這些貓咪人展示武力，更增加了一項對方長期提供我們援助的動機。」

「妳利用了他們的單純，好讓自己在雙方之間得利。」

「現在是誰認不清楚我們當下的處境啦？」

「唔……」

這時候，梵拉了拉荷莉葉特的衣角，完全聽不懂荷莉葉特與薩斯姬雅之間的對話。

「妳們在說些什麼？」他問。

「沒什麼重要的事情……哇，這個罐子好精緻喔，裡面裝得是什麼呢？」荷莉葉特從禮物中拿出一個造型精緻的陶罐，巧妙地轉移話題。

陶罐裡面裝滿了呈小山狀的結晶體，她淺嚐一口之後，發覺舌尖處傳來了一陣濃烈的的鹹味。

「是鹽。」荷莉葉特說。

「他們竟如此慎重地將鹽巴裝好送給我們。」薩斯姬雅道：「我對鹽的價值稍稍改觀了。」

「……」

「怎麼了？」

「給太少了。」

「妳這女人是有多貪心，居然嫌對方給的禮物太少。」薩斯姬雅厭惡地說。

「巴巴蘭人的後院明明有一大片鹽田，鹽對他們來說應該不是多麼珍貴的物品才對。」

「我、我怎麼可能知道野人在想什麼？」薩斯姬雅臉一紅，句子有些結巴。

「沒關係，我也不期望妳這種吃鹽不知鹽價的貴族有所理解。」

「唉，幸好最後我們沒有在風中篩羽毛。」薩斯姬雅嘆道。

「在風中篩羽毛？」荷莉葉特皺起眉頭。

「那句話是徒勞無功的意思。」

「妳可以講直白些，高喊這一切都是荷莉葉特的功勞。」金髮上尉嘻嘻笑道。

「別把我跟妳相提並論，妳這個粗鄙的鄉下傭兵流氓。」

「妳是不是又胡亂加了額外評論啦？」

眼看兩名異國女子就要打起來，梵趕快上前阻止她們。

「『喝粒耶德』、『喝粒耶德』。」

「是荷莉葉特啦！」

梵走上前，作勢要把荷莉葉特送給他的匕首還回去。

「幹嘛？我已經將這東西送你了。」荷莉葉特不解道。

但梵直搖頭，硬是要對方收回匕首。

「哎呀，莫非你認為沒幫上我的忙，反而予我幫助，所以不應該收下禮物嗎？」荷莉葉特單手撫了自己臉頰一把，露出興味盎然的神情。「呵呵呵，沒想到區區一隻貓咪野人，心思居然這麼細膩。」

第一次，荷莉葉特覺得這隻獸耳少年挺可愛的。

「沒關係，我不介意。你就收下這把匕首吧。」她說。

「我不要！」但梵卻硬推回來。

「給我乖乖收下。」

「不要！」

「收下！」

「不！」

兩人又開始拉扯起來了，薩斯姬雅則是冷眼旁觀。

「總之，你帶我們來到村子，所以這是你應得的禮物。乖乖收下，不許有任何反駁餘地！」荷莉葉特霸道地結束爭執，她說：「況且你曾在海灘上救過我的性命，我還沒對此表示謝意呢。」

「海灘？喔，就是我用嘴餵妳吃草藥的時候……」

「閉嘴，我不想聽！」荷莉葉特面紅耳赤地打斷梵，她伸出右手食指，直指獸耳少年。「總之，我特別允你這隻發情貓咪向我要求任何事物喔！這種機會可是一世人才會出現一次矣，喔呵呵呵呵！」

荷莉葉特又開始仰頭大笑，試圖掩蓋浮上臉頰的紅潤。

「我可以向『喝粒耶德』要求任何事情嗎？」梵問。

「當然囉，我既會殺人又會搶劫，但就是不會說謊！」

「我好像聽見非常不妙的東西……唉，算了。」

梵思考了一陣子，目光在荷莉葉特身上上下游移。可是這名貓咪少年的眼神純樸直率，雙眼射出的目光似乎要比小鹿還要純潔，一點都不會讓人感到不舒服。

正當荷莉葉特這麼想的時候，梵接下來做出的事情卻超乎了她的想像。

「什、什麼？」

「哎！」

荷莉葉特和薩斯姬雅都當場傻住了——因為下個瞬間，梵已經把臉埋入荷莉葉特飽滿的胸部之間，並且加以揉捏，享受那股難以形容的柔軟彈性。

「嗚啊，真的好軟好舒服喔。既然什麼都可以的話，就讓我再摸幾下姆呼~」

梵一臉幸福地猛蹭著荷莉葉特的胸部，一雙獸耳不停抖動著，尾巴也快樂地大幅左右擺動。他沉浸於無法解釋的喜悅之中，完全沒意識到眼前這名女子的臉色正從赤紅色轉成青色，又瞬間變成蒼白色。

「你、你係嘞衝啥小啊啊啊啊啊啊啊啊啊啊啊啊啊！」

彷彿來自地獄般的怒吼，響徹這一座遠東小島的天際。

＊＊＊

梵獨自一人坐在岸邊的小山丘上，靜靜地凝視不遠處的沙洲。

「好奇妙的感覺……」他呢喃道。

自從撿到那名金髮碧眼的異族女子之後，已經過了三個星期了。

明明不久以前仍是空無一物的廣闊沙地，如今卻聳立起一棟棟簡陋的帳篷和牆壁。異族人將他們擱淺的大船逐一拆解，就地當作建築材料；這行為讓梵聯想起巴巴蘭人成功獵殺梅花鹿之後，剝取鹿皮的情境。

從小逛到大的沙洲，竟然在短時間內改變了樣貌。對此梵說不上來討厭或喜歡，也不敢輕易下定結論，認為這份改變對族人到底是好是壞。只不過從現在開始，巴巴蘭人將與神祕又強大的異族人共同合作。他們未來無須擔心海盜的入侵，抑或是別族發動的侵略。

總而言之，他們暫時不用遷村了；這起碼算得上一個好兆頭吧？梵心想著，嘴角不覺微微上揚。

「原來你在這呀？害我剛才找得那麼辛苦。」就在此時，梵的背後傳來清脆的女聲。

他不用回過頭，光從聲音判斷就知道來者的身分。

「荷莉葉特，你好。」

經過這段時間的密集訓練，梵終於能夠好好說出眼前這名金髮碧眼女子的名字。只見荷莉葉特一如往常踏出充滿自信的步伐，大步走到梵的身邊來。

「真漂亮。」荷莉葉特說。

「我很喜歡在這眺望風景，我也喜歡在那座沙洲上散步。」

「我聽其他人講了，大明人稱這個地方作大灣(Tayouan)。正如其名，此地大概是這座島上唯一適合停泊船隻的海灣。」

「所以？」梵一臉茫然。

「你有個很不錯的家。」

「喔，是喔？」梵用手指搔搔臉，敷衍著荷莉葉特的讚美，儘量不讓心裡頭輕飄飄的心情表露於面。

「當然，如果我沒有決定留下來，那這份海域也白搭了。」荷莉葉特聳肩道。

「妳不一定會留下來嗎？」梵問。

「我當下的目標是要把漁夫島(Pescadores)改造成永久基地，畢竟那座小島距離大明人的國家最近，和對方交易和交涉也最方便……啊，漁夫島是一座位於大灣西邊不遠處的島嶼。」

她伸出手指向海的另一端，此刻海水在太陽的照耀下閃閃發光。

「但妳明明講過會留下來保護我的……」

「別露出一副受傷的表情啦，我短時間內不會離開。」

「妳和妳的同胞取得聯繫了嗎？」

「是啊，他們大概再過幾天就會派援兵過來了。說到這個……」

荷莉葉特邊說邊舉起右手撥頭髮，惹得梵瞬間雙手抱頭的姿勢。

「……你在幹嘛？」

這回換荷莉葉特一臉茫然。

「我怕妳會打我。」

梵憶起三個星期前被荷莉葉特痛打一頓的景象，不禁仍心有餘悸——她擺明說過要求任何東西都可以，可是一當梵開始猛蹭對方胸部的時候，荷莉葉特馬上反悔並一拳將他打昏過去。

金毛人實在是太過分了！

「唉呀，今天不會揍你了啦。我今天是來兌現之前的承諾。」她說。

「什麼意思？」

荷莉葉特搔了搔那頭金髮，接著很認真的說道：「哎呀，你是真的不明白嗎？雖然我當時是說過任何條件我都能答應。但是隨意觸摸女性的身體是失禮的代誌，莫非母親沒教過嗎？」

「母親是什麼意思啊？」

「就是媽媽呀，將你生下來的女人，你怎麼會連這一點都不知道呢？」

「我……」

垂下嬌小的腦袋，就連那一對斑紋獸耳也無力的垂著，貼在少年的頭上

「我根本……根本沒有母親啊，村裡的大家都說母親在生下我的時候就走掉了……爸爸……爸爸他也在幾年前，無去了……」

「呃、這個……」

梵的悲情回答讓荷莉葉特不知該說些什麼。現在的荷莉葉特還寧可空手去對付五十名海盜，也不要在這裡忍受尷尬，還要拼命思考著該如何安慰一名被自己的無心給刺傷了的男孩。

「那樣的話……」

驀然間，一撮細微的火焰在荷莉葉特的腦中綻放。隨後馬上爆裂、炸開、在腦海裡頭散成一朵朵絢爛的煙花。

「對了，就是這個啊！」

「哇啊啊！妳幹嘛忽然大叫？」

金髮女子莫名發出熱血的吶喊，就連一旁還沉浸在感傷之中的梵也被嚇了一大跳！只見她將手伸入了上衣的口袋中，從裡頭掏出一條藍色的絲帶。

「荷莉葉特，妳到底是有什麼打算哪？難不成這一次是欲送我這個藍色布條？」

「才不是，別隨便瞎猜。而且這才不是什麼布條呢。這可是絲綢，絲綢啊。」

「絲綢……絲絲絲絲絲綢！那個不就是十分貴重，而且又輕又薄的高級布料嗎？」

一聽見絲綢兩個字，梵的雙眼立刻瞪得有如銅錢般碩大，眼角也同時閃出一道道細碎的亮光。彷彿是兩顆小小的太陽，將那張帶著稚氣的臉蛋給照耀得明亮了起來。

但是梵那一雙張大的雙眼只維持了一小段時間，便又露出了一副若有所思的模樣。

「雖然絲綢很珍貴沒錯，但我從荷莉葉特手中收下這麼貴重的東西真的好嗎？」

「哎呀，你不要亂猜。這一條絲帶，我是打算這樣用的！」

荷莉葉特一邊說，一邊笑嘻嘻的將雙手舉到腦後，接著熟練的用那條藍色絲帶將自己的一頭金髮給紮了起來，綁成一束宛如金色麥穗般的高馬尾。

「喏，這才是予你的獎勵。雖然我嚴正禁止摸我的身體，但我就特別准許你玩我的馬尾吧。而且還是隨你玩到歡喜、玩到你累為止喔。給我滿懷感激到痛哭流涕，邊玩邊讚嘆我的寬容和偉大吧！喔呵呵呵呵。」

「這、這是真的嗎？我真的可以摸摸荷莉葉特的頭髮嗎？真的不會又被妳修理一次嗎？」

「好話不說第二遍。這可是我特別恩准，錯過這一次恐驚就再也沒有機會矣。哎呀！你幹嘛擅自就動起手來了，而且別這麼粗魯的拉，至少也等我把話講完哪！」

「我、我也不知道為什麼，感覺就好像是手自己動了起來！自己去拍拍荷莉葉特的頭髮的啊！可是……荷莉葉特的頭髮就好像是金黃色的稻穗一樣啊……而且又輕又軟的，好想要！好想要就這樣一直拍打這束金色的頭髮呀喵吼！」

「糟糕，我該不會是打開他身上的某種開關了？喂，小力一點，別這麼大力的扯！頭髮都快被你給扯下來了！」

「喵……金黃色的……甩來甩去……喵吼！」

就這樣，荷莉葉特與梵——金髮西方女子以及獸耳東方少年——這兩名來自迥然不同世界和社會的居民，終於在這一座蠻荒卻又真誠的島嶼上，建立起一層簡單卻又真摯的情誼。

可是在他們的心底深處，卻總覺得自己似乎遺忘了一件非常重要的事情。與此同時，位於無法判別方向的某個地方，響起一陣叫人毛骨悚然、背脊發涼的詭異鳥叫。

大海與藍天相接的位置，詭譎的雲層不停翻滾，宛如手持長柄鐮刀的死神一般緩緩地席捲籠罩而來……

第五章

黯雲湧動

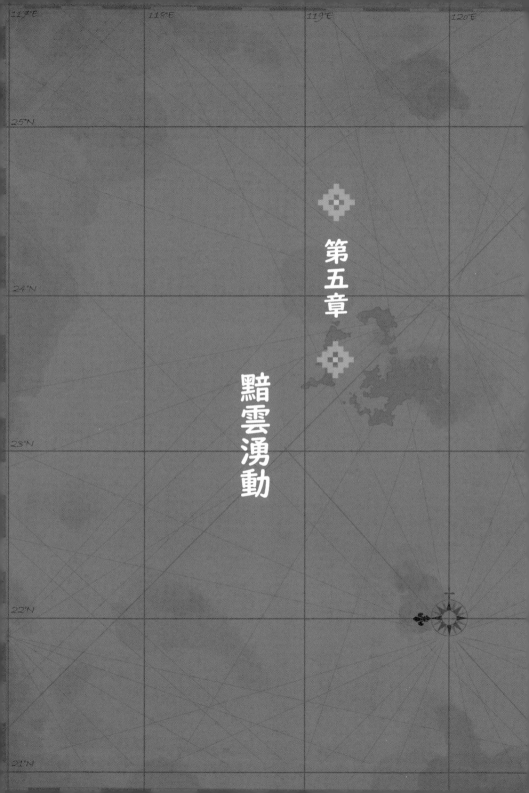

四周萬籟俱寂，夜晚的世界彷彿只剩下天上的星月依然清醒著。

這個世界固然存在著在夜間活動的獵食者，牠們小心翼翼地、寂靜無聲地靠近獵物，並一瞬間使出致命一擊，然後再度隱身於夜幕之中。只不過對於絕大多數的人類而言，黑夜依舊是躺在床上，休息並積蓄能量的時刻。

此時此刻，覆蓋上黑色夜幕的天空繁星點點，滿月的月光將眼前一片白淨的海灘照耀得有如白晝一般。冷冽的秋風徐徐吹來，毫不留情地將任何一絲暖意給驅逐殆盡。

除了海水拍打上岸的聲音之外，這座位於遠東的島嶼海岸邊聽不見半點聲響。

「好冷啊，好想趕快回到溫暖的帳篷裡睡覺。」

「是啊，不過既然今晚是輪到我們巡邏，那也沒辦法囉。」

白晃晃的月光下，忽然燃起了一抹橘紅色的火焰；伴隨而來的是兩個男人的談話聲。

他們是荷莉葉特的部下。其中一名士兵拿著火把，另一名則負責警戒四周的環境，尋找任何可疑人士或現象。

只不過在這個當下，這兩人早把自己的職責給忘了。

「如果能在回營後烤個暖呼呼的山豬肉當消夜吃，就真是一大享受嘞。」其中一名士兵說道。

「可不是嗎?那些原住民每天只會送我們米粥、甜瓜、水果，以及裝在陶土罐內聞起來像臭酸米漿的飲料。每天吃都吃膩了啦。」另一名士兵邊說邊面露厭惡的神情。

「你少抱怨了。我們在船上航行時偶爾才有機會捕魚打打牙祭，其餘的時候都得吃那個硬得跟石頭一樣的餅乾，更別說臭酸的酒水了。」

「話是這樣講沒錯，但我更想吃肉啊！肉！」

「那麼下次我們去打獵就好啦！這裡有滿山遍野的鹿，而且各個又肥又壯的，就算餵給全阿姆斯特丹的人民也還有剩啊。」

「隨便進去原住民的領地，不會惹得他們不開心吧？」

「你什麼時候開始在乎起土人的想法了？」

「說的也是，哈哈哈哈！」

正當這兩名西方士兵不著邊際地聊天時，一抹身影悄悄的從陰影中現形，緊接著……

「啊！」「哎，你怎麼……呃啊！」

隨著幾聲悶響，兩名士兵的談話就這麼斷在風中，只剩下不絕於耳的浪濤聲。

＊＊＊

原本籠罩住原野的濃濃白霧，也許化成露珠、也許給微風吹散，飄去無蹤。當太陽從東方升起的時候，金黃色的光線驅散濕冷的氣息，清晨花草上沾著一顆顆晶瑩剔透的露珠，在晨光的照耀下閃閃發亮、光彩奪目。

現在是晚秋，也是早冬；更是秋、冬交替之際。

儘管如此，放眼望去大自然仍舊生機盎然。一整片長滿綠草的美麗平原延展至視野最彼端，宛如五彩繽紛的油畫，無數色彩和微妙色調繪製的自然奇觀。

在這片原野上，數百隻梅花鹿靜靜地嚼著青草，時而與同伴悠閒漫步四處。只有一隻年老的領導來回張望，機警地保護鹿群的安全。

這幅靜謐的景象彷彿在上古前時代前便已存在，永遠不會改變。

汪！汪汪！汪！

平靜的草原響起一串獵犬的嚎叫，以及數名男性的吆喝聲。

突然間，將近三十位皮膚黝黑的男子自地平線上冒出。他們圍成一個圓圈，每個人趴在地上向圓心移動，逐漸包圍住毫不知情的獵物，直到最後一刻才發動攻勢。

這群人手持將近六呎長的標槍和弓箭，身掛粗布、鹿皮或野豬皮所製成的衣裳，一看便知道是以獵人的身分出現於此。他們的頭頂一雙類似貓科動物的獸耳，屁股上方也有一條充滿斑點的長尾巴，使得他們全身上下散發一種野性。

梅花鹿群一看見獸耳獵人現身，馬上一邊高聲警告同伴、一邊轉身加速奔逃——然而，牠們的動作終究慢了一拍。

幾乎是同一時刻，標槍如驟雨般從天而降。銳利的尖頭具有三、四個鉤刺，刺入梅花鹿的血肉之中後根本無法脫落。從獵人手中投擲出的槍矢或射出的箭矢上也全綁有小鈴鐺，一時間原野上叮噹噹響成一片。用這些方法，獸耳獵人們輕鬆掌握獵物的行蹤，一下子便獵捕到十幾隻梅花鹿。

當梅花鹿衝破包圍網後，就換土狗們上場了。

牠們不只精幹結實，奔跑起來的速度甚至比梅花鹿還快。現場就有五隻土狗帶領獵人圍捕幾隻體型較小的幼鹿，經過一番纏鬥使其精疲力竭，最後再由獸耳獵人給予致命一擊。

只不過，現場依舊有一隻負傷的母鹿成功逃脫，朝著海岸線的方向奔去。插在牠背上的標槍因為綁了鈴鐺，奔跑時鈴聲不斷。

「別想逃！」

一名貓耳少年追了上去。

他的周圍沒有大人相隨、也沒有土狗伴隨，但這並不能阻止少年追逐下去。這是他證明能力的好機會。少年暗暗心想，握緊了手中的弓箭。

嗷嗚、嗷嗷……

那頭梅花鹿就這麼躺在沙灘上一塊石頭旁。牠的側身上插著一支標槍，傷口處鮮血直流。

獸耳少年拉起弓，對準負傷的花鹿，並把箭頭對準對方的脖子。

巧合的是，梅花鹿也轉過頭凝視他，吐出舌頭露出奄奄一息的模樣；一雙如玻璃珠般的黑色大眼睛，映照出即將取走自己生命的嬌小身影。

獸耳少年拉緊弓弦，然後……

碰轟！

宛如雷電劈下天空的巨大聲響嚇得梵當場鬆開弓弦，就連弓箭掉到地面都沒有察覺。

梵的耳膜傳來一陣嗡嗡聲響，空空如也的腸胃也揚起一股莫名的翻騰。梅花鹿失去了生命跡象。牠的頭垂躺於沙灘上，如琉璃珠閃閃發亮的眼睛逐漸失去光彩，最後變成漆黑一片。

接連響起的，是宛如銀鈴般清脆的嗓音，以及陌生至極的語言。

「梵，好久不見啦！最近過得如何呀？是不是仍在全裸追著鹿群跑呢？」

他趕緊往說話者的方向看過去，一抹女性的身影立刻映入眼簾。

她很年輕，大約才二十歲左右，但也比梵大上許多；身上穿著水藍色的軍服與馬褲，看起來格外高挑。不僅如此，這名女子肌膚的色澤白淨得不可思議，呈現出漂亮的椰奶色。金色的頭髮散發出太陽的光輝，豐盈的秀髮燦爛得不可思議。

在梵的人生與世界觀中，他只認識一位擁有金髮與白皮膚特徵的女性；說實話，他認為一位就已經夠他受了。

原因是……

「你怎麼傻住啦？難道把我教的還給我了？」金髮女子微笑著問道。

面對著那耀眼到過了頭，甚至可以用狂妄來形容的笑臉，梵的嘴巴卻是張得大大的，嘴角還在不自主的抽搐。

那副傻愣愣的表情，宛如是一頭撞上什麼大麻煩。

又或許，這名金髮女子本身就是個天大的麻煩？

「荷莉……葉特。」

梵用彆扭的腔調道出麻煩……喔不，是金髮女子的名字。

「這還差不多。」

荷莉葉特點了點頭後，又瀟灑地甩了甩落在肩上的長髮。紛飛的金色髮絲、姣好的面容，搭配上湛藍的海天一線，儼然是一幅美到啞然的絕景。

荷莉葉特是梵在因緣際會下拯救的金毛異族女子，後來梵的原住民部落又被荷莉葉特給拯救；在那之後，梵所屬的巴巴蘭族正式跟荷莉葉特所屬的金毛異族人建立合作關係，同時努力適應彼此的存在。

其中當然也包括溝通層面。

這一個月以來，荷莉葉特與梵，或者該說雙方的成員都在努力學習跟彼此溝通。由於他們多少會說一些大明人講的漳、泉州話，因此就利用這個語言作為一座已搭建的橋樑。彼此間的交流順利得不可思議，就連一開始對此做法頗不以為然的薩斯姬雅，也在荷莉葉特的冷嘲熱諷下不情願的學著跟原住民溝通。

不過，即便溝通上得到一定成果，卻還是無法迅速彌補認知與科技上的水平。

梵的注意力很快就被荷莉葉特手上的東西給吸了過去。那是一根長長的棍子，但它卻要比普通的木棍更加怪異。

「那個是……火柴？」

「火柴？喔，你是指火槍啊。對呀，很棒吧！嘿嘿嘿，這可是巴達維亞本部分發的最新武器，為的就是要跟那些異教徒決一死戰用的。我先拿到了一把，所以就找機會玩玩……雖然還是比不上我珍藏的簧輪手槍啦。」

荷莉葉特一邊露出興奮的笑臉，一邊滔滔不絕地講解著。那副歡天喜地的神情，彷彿就像個剛拿到新玩具的小女孩；只不過捧在她手裡的並非洋娃娃，而是一支最新式的火槍。

這不是梵第一次見到這種武器，他和其他族人將它稱之為火柴，因為他們看過異族人拿火槍的火輪來點火。

「巴達什麼……異教徒又是啥？妳講的詞彙好艱深，我完全聽不懂。」梵被荷莉葉特的解說搞得有些頭昏轉向。

「沒關係，這些事情對你這隻小貓咪太複雜了。我就算講了你也不懂。」荷莉葉特說：「反正呀，就讓我把這隻梅花鹿帶回去當晚餐囉，拜拜。」

「好的，請慢用……等等等等，牠是我的獵物耶！」

「真奇怪耶，明明是我用火槍獵到梅花鹿，這隻獵物當然是屬於我的。」

「我剛才辛辛苦苦才把牠追趕到海邊，要不是妳在最後一刻用火柴殺掉牠，我老早就用弓箭解決掉了。」

「我看你像是顆石頭動也不動似的，所以我就先下手為強囉。」

「我本來能射中牠的！」

「但是你沒有。」荷莉葉特以嚴肅的口吻說：「不管在戰場上或獵場上，你只有一、兩秒的時間可以做出反應，而這幾秒便足以決定生與死。一旦猶豫就會敗北，所以我寧願選擇最直接又簡單的做法，就跟我當時打跑海盜拯救你們一樣。」她信誓旦旦補充道。

梵聽聞後卻皺起眉頭，一副若有所思的樣子說道：「經妳這麼一說，那些海盜們以後不會再回來嗎？如果他們又再出現的話，荷莉葉特能夠像那次一樣馬上跑來拯救我們嗎？」

「如果海盜真的繞過我們的營地跑去打劫村子，你們就得靠自己啦！不然就只能祈禱我人剛好在場囉！又或者，你可以說服我永遠留在這座化外之島呀，嘻嘻。」

梵垂下肩膀嘆道：「我好像找到一個比海盜還要可怕的人來了。」

忽然間，荷莉葉特放下手中的火槍，一語不發地快步走過來並且伸出雙手，冷不防捏起梵軟嫩的雙頰！

「尼過何摸啦(妳做什麼啦)？」梵瞪大雙眼。

「快點對我的撫摸表示感謝。」荷莉葉特說。

「這胡似唬窩啊(這不是撫摸呀)？」

「不許反駁。」

待金髮女子蹂躪石虎少年軟綿綿的臉頰好一陣子後，她才決定放手。

梵一邊摀住被捏紅的臉頰，一邊向對方抗議：「妳到底在幹什麼啦？」他氣得連尾巴都豎了起來。

「為了讓你喜歡上我的存在囉。假如我每天住在這兒的話，你就能隨時體驗撫摸的快感喲。」

「就說了這不是撫摸！」

「別這麼害臊嘛，梵。只有一開始會感到羞恥而已，然後你就會習慣了？」

「最後居然是疑問句！」

「總而言之，我先把鹿扛回去船上處理，晚點見囉。」

「好的，請慢走……等等等等等，結果妳還是要搶我的獵物嗎？」

梵突然覺得好累。

「我不要了，送給妳吧。」他邊說邊垂下肩膀和尾巴，充分表達出內心的無力。

「唉？你放棄得這麼乾脆，我會感到良心不安。不要啦~」

「妳真的很難搞耶！」

梵覺得更累了。

荷莉葉特拍了一下手掌，發出清脆的聲響。「你把這頭鹿的鹿皮處理完畢，拿去給大明人看看能換多少商品，然後我跟你平分如何？你可以留下內臟和鹿肉，我不要那些東西。」

「也不是不行……」梵雙手交叉抱著雙臂，臉上露出困惑的表情：「我記得妳們金毛人和紅毛人挺愛鹿皮的，為何要另外賣給大明人呢？假如妳有鹽巴或漂亮的漢服，也可以拿來跟我交換喔。」

「我沒有鹽巴。」荷莉葉特聳肩：「我也不穿漢服，醜死了。」

「那……拿火柴交換？」他指了指擺在地上的火槍。

「我才不會把這麼貴重的東西交出去嘞，況且你根本就不懂得使用它的方法。」她馬上把火槍抱得緊緊的。

「這倒也是。」梵問：「你們金毛人是不是窮得只剩下武器呀？」

「你以為是誰在用強大的武器，保護你們這些軟弱的貓咪人的？」荷莉葉特再度作勢要捏梵的臉頰。

「巴巴蘭人一點都不軟弱！」梵抗議道：「我們各個都是強壯勇敢的勇士，只是村子人數比較少，所以比較容易受到欺侮而已。」

「少囉嗦，快點幫我把這隻鹿處理乾淨。你不是自稱為強壯勇敢的巴巴蘭勇士嗎？」

「這種時候就從軟弱貓咪變成勇士了，還真方便……」

「吵死了！吵死了！吵死了！照我說的做就對啦！」

梵突然間意識到，他們之間的爭論總是會在這句話之下結束……

就在這個時候，一名年輕金毛士兵從不遠處跑了過來。

「上尉小姐，不好了！」他邊跑邊高喊著，不過一看見梵的身影後表情便僵住了。

「這麼慌慌張張的，發生什麼事了？」荷莉葉特問道。

「那個，也許我們私下談會比較好……」年輕士兵面有難色地看向梵，好像他的存在令人感到不舒服。

「別像個娘娘腔一樣！」荷莉葉特命令。

「報告長官！昨天晚上，我方有兩名士兵在執行夜巡勤務時遭到襲擊，第二班巡邏隊的人直到剛剛才發現他們。」

「嘎？他們還好吧？快點告訴我這兩人的狀況！」

梵發覺荷莉葉特的神情突然變得很急躁。好像有任何事扯到她的部下，她就會變得非常認真。

「請您放心，他們倆只有頭部和背部受了點傷，醫官說靜養幾天就可以回復過來了。」

「呼，上帝保佑……」荷莉葉特鬆了一口氣，接著才繼續問道：「這兩名士兵是被什麼動物襲擊了嗎？難道是山豬？」

「不，他們很明顯是遭人從背後打昏的。」

語畢，士兵的目光不禁再度轉向梵，眼裡充滿懷疑。

「巴巴蘭人才不會做這種事！」梵抗議道。

「喔？你聽得懂我在說什麼呀？」年輕士兵嗤之以鼻，不屑地說道：「你們是蠻族，誰曉得你們內心是不是在打什麼鬼主意。」

「哼，你們金毛人和紅毛人也是一群小偷啦！」

「小偷？」

「說到底，你們常常不經我們的同意就擅自獵捕獵場內的動物。當初明明說要談妥後才能打獵的，別以為我們不知道自己獵場有多少頭鹿……就像現在，荷莉葉特居然搶走我的獵物。這實在太過分了！」

「誰叫你們只給我們難吃的肉乾和鹹魚，我們更想嚐嚐新鮮的烤肉。」

「小偷就是小偷！」

「臭小子，你有種再說一遍試試看！」

荷莉葉特及時走到士兵和梵兩人中間，制止一觸即發的事態。

「你們兩個給我住口！如果非要惹事生非，也是由我先起頭。無論遇襲或偷竊事件我都會找時間好好調查一番，所以現在先給我退下。聽見了嗎？」

「是的，上尉小姐。」那位士兵瞪了梵一眼，然後離開去做其他事情。

「哼，異族人就是不守信用。」梵則轉過頭不去看對方。

荷莉葉特則露出微笑，慶幸自己阻止了無謂的衝突；殊不知，這僅僅是巴巴蘭人與金毛人衝突的開端……

＊＊＊

梵認為荷莉葉特和她的族人非常奇怪。

無論是深邃的五官、高聳堅挺的尖鼻子、太陽色或火焰色的頭髮，以及最重要的——椰奶色的肌膚，這些特徵都是梵和梵的族人過去前所未見、前所未聞的！

荷莉葉特曾告訴過梵，她是搭船從遙遠的西方而來，期間花了好幾個月的時間才抵達此地。對於從未出過海的梵來說，這個概念早已大大超出他的想像能力，所以他決定不去追問這群異族人的來頭。

而且比起對方從何而來，另一個問題困擾著他：自從荷莉葉特出現之後，梵的腦袋總是回憶起荷莉葉特胸部的形狀和觸感。

女孩子的胸部是個很奇妙的物體，他最近老是在想這件事。

為什麼這個金毛女人的胸部跟其他族人的不同呢？巴巴蘭女性平時只穿一件清涼的獸皮衣物或草衣跑來跑去，旁人能輕易看見她們裸露出來的肌膚，胸部什麼的明明一點也不稀奇。

可是，荷莉葉特的胸部不一樣。

梵會忍不住想要偷看，不管怎麼看就是看不膩。而且更奇怪的是，荷莉葉特的胸部被厚厚的布料裹住，反而多出一份奇妙的吸引力，讓梵想要去看、去觸碰、去扒開衣服。所以他總會不厭其煩地詢問對方——

「荷莉葉特，我可以問妳一件事情嗎？」

「什麼事？」

「我可以看妳的胸部嗎？」

「當然不行啊！」

「好吧，那我可以摸妳的胸部嗎？」

「你好個屁啊，這更毋湯！」

「毋湯……喔，不會毋通啦。我又沒叫妳脫下衣服給我摸，隔著布料摸也行喔。」

「小心我一槍斃了你。」

「好可怕的女人……」

荷莉葉特曾警告梵不能隨便亂摸她的胸部，要不然他就會遭受嚴厲的處罰。這個後果梵已經領教過了；當時他的頭頂直接吃了荷莉葉特一記拳頭，腫起的包整整一個星期後才消退。

不過大抵而言，荷莉葉特對巴巴蘭人的印象其實並不差。

這群原住民擁有貓科動物般的耳朵和尾巴，身材雖不特別高大魁武，卻是一群奔跑神速、體形優美、深得自然宏恩的民族，而他們小麥色的膚色也比其他東南亞人更白皙一些。

經過一個多月的觀察，她發現居住於大灣(Tayouan)附近的巴巴蘭人非常友善、忠誠、和藹。巴巴蘭人會用最友善的方式提供異族人食物和飲料，只要平時不過度打擾他們即可。

巴巴蘭人也是荷莉葉特看過所有民族當中，較貞潔或不具淫蕩想法的人民。其人民直率純樸、談吐優雅、有條不紊，讓人感到悅耳，絕非普通的野人(geen wilde)，而是秉性善良，一身謙遜，具智慧的人。

只不過巴巴蘭人裸露而不知羞恥，缺乏統一領導的社會結構；這兩點在荷莉葉特眼裡依舊被認為是野蠻的層級。

而梵的某些發言和行為也常讓她感到頭疼……

「我說你呀，竟然叫一名女子公然露胸給你看，真讓人不敢置信。這種發言既野蠻又無禮，一點也不文明！」荷莉葉特一邊說著，一邊用食指戳著梵的額頭。

「文明是什麼意思？」梵問。

「這麼講好了。如果我現在叫你脫光光給我看，你也會毫不猶豫答應嗎？」

「妳要看嗎？」

「別說著就開始脫衣服啊喂！」

「我又沒差。」梵聳肩。「收穫季節時，巴巴蘭人連三個月不能穿衣服呢，否則雲豹女神就會發怒，驅使鹿群踐踏農地。那很可怕耶。」

「無論什麼是雲豹女神，你們居然相信那種無稽之談……真是欠缺教育和文明。」

「所以說，文明到底是什麼意思？」

「首先，文明人絕對不會在公眾場合赤裸或半裸身體，也不會隨便要求他人脫下衣服看對方胸部，更何況對方是一名女性！至於飲食方面……」

梵的雙眼開始變得無神，他對於荷莉葉特滔滔不絕的說教總是左耳進右耳出。

時間雖是正午，陽光帶來的並非難以忍受的熱度，迎面吹來的秋風也讓周遭環繞著一股涼爽的氣息。此時此刻，這名貓耳少年與異族女子正在回巴巴蘭村子的路上，他們會先經過一處未開發的鹽地，然後是一大片巴巴蘭人種植的竹林。

梵的肩上扛著剛處理好不久的鹿皮，腰帶上則掛著幾個陶製小壺，壺裏頭裝有梅花鹿的內臟。巴巴蘭人很少留下獸肉，通常只保留其鹿脯和內臟。如果獵物太多的話，他們會用鹽巴醃漬起來，就跟保存漁獲的方式沒什麼分別。

梵曾經邀請過荷莉葉特一起吃巴巴蘭製的鹹魚；只不過，那是第一次也是最後一次了……

「舉例來說，你們巴巴蘭人居然把整條魚連同魚鱗和魚內臟醃漬起來！結果從罈子中取出時，那條鹹魚上滿是小蟲和蛆，這到底要如何吃下肚？」荷莉葉特說，臉上露出厭惡的神情。

「呃，我覺得挺美味的。」

「一個文明人絕對不會吃那種食物。」

「你們的硬餅乾不也是泡過海水之後，就會有蛆從餅乾裡面爬出來！」貓耳少年出口反駁，頭頂的耳朵跳動了一下。

「沒錯喲，所以每次在食用之前，我會在儲存餅乾的桶子上擺一條鮮魚，這樣子蠢蛆們就被吸引而蜂擁爬上魚身上，省得我們還要把餅乾一塊一塊泡水。這就是文明的吃法。」

「看樣子妳的文明同樣在吃蛆蟲嘛，根本沒什麼了不起的。」梵嗤嗤笑道。

「可惡，要不是我們現在資源匱乏，才不會輸給你的貓咪部落。」荷莉葉特一隻手高舉火槍，一隻手擺在腰際，正氣凜然道：「總有一天，我會讓你對文明的力量佩服得心服口服、五體投地！」

「怎麼突然間燃起競爭意識了！」

＊＊＊

不知不覺之中，他們抵達巴巴蘭人的村子，同時也是梵的家園。

其他獵人們老早就把獵物扛回村莊，並在男子會所前的廣場將鹿隻疊成一座小山。他們正忙於處理這些梅花鹿：剝皮，而且是完整且仔細地整片剝下來。肉切塊，在太陽下曬乾。用於販賣的前後腿的肉醃漬或煙燻保存起來，內臟如往常般留下食用。最後，剩下的鹿角和鹿骨則用來裝飾住家或周邊環境。

經過巴巴蘭人的巧手處理，整頭鹿幾乎沒有一處是浪費掉的；荷莉葉特相當佩服他們這一點。

不過在剝皮過程中，她看見一些巴巴蘭青年用手汲取鹿血來喝，舔唇吸指，一副很享受的模樣；她對這舉動就沒這麼欽佩了。

登時，十幾名年齡比梵還小上幾歲的巴巴蘭小男孩跑了過來。他們團團圍住荷莉葉特和梵，嘴巴嘰嘰喳喳地說著不停。

「梵，你好慢啊，剛才到底去哪裡偷懶了？」

「梵，你一下子就消失了，害得我們都找不到人。小心惹老頭們不爽喔！」

「梵，你是不是還沒成為巴巴蘭勇士？」

「你幹嘛這麼問啊？」梵沒好氣地回嘴。

「因為我注意到你的嘴角沒有血跡呀。我爸說過，在還沒生吃過自己獵捕的第一頭鹿的鹿肉之前，都不算一名真正的勇士。」

「對啦，我是沒吃。因為殺死這頭鹿的人不是我，是這個金毛女人！」他說，手一指荷莉葉特。

「哇塞，你被一個女人搶走獵物？哈哈哈哈哈！」

聽聞後，石虎男孩全都笑得東倒西歪。

「要不是有這個金毛女人從中作梗，我早就是個合格的巴巴蘭勇士了。」梵從鼻子裡大哼一聲。

「雖然你一副受不了的模樣，但我記得這個金毛女人送了你一把小刀，對嗎？」

「聽說那把刀子超漂亮的，快點拿出來給我們看一下。」

「給我們看！給我們看！」

梵想都沒想就拒絕，「才不要，那是我珍藏的寶刀。而且你們鐵定會拿它來胡亂測試，像是砍木頭或砍鹿角什麼的，別以為我不知道你們弄壞拿多少大明人的刀具。」

「哼，拿到好寶貝後就變得這麼小氣了。」

「對，梵真小氣！」

「小氣鬼梵！」

「算了啦，既然梵不給我們看，那我們就直接跟金毛人要一把。」

「給我們小刀！給我們小刀！」

頓時間，十幾名巴巴蘭男孩包圍住荷莉葉特，他們的小手抓著金髮女子的衣襬，一齊發出「喵嗯嗯嗯嗯嗯嗯」或類似「喵嘎拉嘎拉嘎嘎啦」之類的叫聲向她討要禮物；那模樣簡直就像一群蹭飯吃的貓咪。

「嗚啊，這是怎麼回事？」荷莉葉特吼道：「別一個勁擠上來，煩死人啦！」

「金毛女人的身上聞起來有股味道。」

「真的嗎？嗅嗅……真的耶！」

「好特別的臭味，而且很濃。」

「我也要聞看看！」

他們就這麼毫無敬意、羞愧或顧慮地嗅聞著荷莉葉特的身體。

「你們不要一邊猛蹭我的身體一邊猛聞。真沒禮貌，一點都不文明！」荷莉葉特大罵。

「什麼是文明？」一名貓男孩問。

「呃，文明就是……」

「就是吃蛆做成的餅乾，而且還吃得很開心的意思。」梵打岔道。

「你欠揍嗎，梵？還有別站在那裡說風涼話，快來救我！」

驀地，梵望著同儕猛蹭猛聞荷莉葉特的這一幕景象，心裡頭相當不是滋味。他無法精確描述那份感受有點就像是自己好不容易找到的珍奇異寶，轉眼間被別人搶過去把玩一樣。

「好了啦，你們不要纏著荷莉葉特！」

正當梵要上前分開雙方之際，一名牽著驢子的男子大搖大擺地走入村子。

這名年約四十多歲的中年男子，體態相當勻稱。

無論外貌與穿著，他和在場眾人截然不同。穿戴在他身上的袍子像一件彩色長襯衫，顏色有兩三種之多，而且層層穿疊在一起。他的頭髮盤在頭上，插一枝髮簪固定住，再戴上一頂筒狀絨帽，其精緻度如同女人的髮飾。長長的袍下方則露出一雙短靴，鞋尖翹起。

這個男人既沒有貓耳朵和貓尾巴，深黑色的頭髮顯然和荷莉葉特的金髮差異甚大；當然，他的皮膚也不是白色的。

「大明商人。」荷莉葉特呢喃道。

突然間，巴巴蘭孩童對荷莉葉特失去興趣，轉而跑過去圍住大明壯漢以及他載滿商品的驢子。

「這是怎麼一回事，梵……梵？」

荷莉葉特還沒搞清楚狀況，就見到梵也衝了過去。就連原本背在背上的鹿皮都丟在地上，繫在腰間的陶罐隨著奔跑時的撞擊揚起清脆聲音。

荷莉葉特看見梵頭也不回地衝過去的這一幕景象，心裡頭相當不是滋味。她無法精確描述那份感覺；有點像是總是圍繞身邊轉的流浪貓，轉眼間被別人手裡拿著的食物吸引過去一樣。

另一方面，梵的注意力已經完全被這名大明人吸引過去。

「有點心嗎？我們要吃甜甜的食物！」

梵和其他巴巴蘭孩童的目標不只是驢子身上那一大堆商品，其中還包括了大明人時常攜帶在身上的點心。

「哈哈哈，大家別急，每個人都可以分到一塊喔。」那個大明商人說的是泉州話。

只見他從麻布袋子裡拿出一塊又一塊甜糕餅，分發給在場的每一位巴巴蘭孩童。

只有當這名大明商人來訪的時候，才有機會享用到這美妙滋味。梵吃了自己那份糕餅後，還不停舔著手指頭，一副回味無窮的神態。

接著，他開口問道：「許兄，你到底去哪裡了？你已經好久沒有來跟我們做生意了，其他大明人也不見了。最近這附近只剩下兇巴巴的海盜在打劫我們。」

「不好意思，許某這幾個月以來有太多突發事情需要處理，實在是忙得不可開交。」許兄說。

儘管年紀比梵還要大上二十多歲，但是對方似乎不介意巴巴蘭少年以「許兄」這種方式叫喚他。

「我還以為一年半載沒回到巴巴蘭村，你們早把我給忘記了。」他說。

「才不會忘記呢！」梵說：「許兄是唯一一位會帶給我們好吃甜糕餅的商人。」

「是嗎?說得可真動聽啊，哈哈哈哈！」許姓商人粗獷的臉上面揚起大大的笑容，他說：「而且你們的漳泉話是不是又進步些了?真令人意外。」

「因為發生了許許多多事情……哎，總之我們的鹽缸都見底了，快要沒辦法醃漬食物了。你快點拿些鹽和我們換鹿肉嘛。」

其他較為年長的巴巴蘭獵人也紛紛走了過來，向這名大明壯漢出示今早的戰利品，抑或是曬乾且處理好起的大量鹿皮。

「我們這次打到不少戰利品，許兄你快點看看。」梵隨手拿起一隻肥壯的後腿鹿肉遞給對方。

許姓商人用手秤了秤後腿肉的重量，又檢視幾匹鹿皮的毛髮品質。在他思考的這段期間內，所有石虎人都凝視著他。

「好，四隻後腿肉交換這個分量的鹽巴。」

許姓商人打開掛在驢子身上裝滿鹽巴的大袋子，並用一個只比手掌還大些的小陶罐挖了瓢鹽巴。

巴巴蘭人原以為他還會拿更多出來，但許兄卻沒有進一步動作。

「就這樣。」他說。

「就這樣？」梵兩眼圓瞪，以為自己聽錯了。

「是的，四隻後腿肉就值這個量。」他把後腿肉還給對方。

「這麼少的鹽連拿來醃一小罐鹹魚都不夠用。」梵說。

可是許姓商人的話還沒講完，他指了指一隻幼鹿道：「另外，像這樣小的幼獸，一隻只能算兩隻成年公鹿的前腿，也就是半罐鹽。」

「可、可是以前四隻腿可以換一整缸鹽巴。」

「以前是以前，現在是現在。」他正色道。

「就連其他商人也不曾給出這麼少的量。」梵提高音量辯駁，就連站在他旁邊的巴巴蘭人都不禁點頭同意。

「我就是出這個價，不然我就不賣了。」

「這……」

宛如一瞬間換了個人似的，幾秒鐘前那名舉止爽朗的大明人，正面帶微笑地冷冷回絕任何一絲討價還價的可能性。雖然許兄的臉上依舊帶著笑容，可是回答的聲音裡卻有一種血液不暢的感覺。

在梵的記憶之中，這位暱稱叫許兄的大明商人不曾這麼蠻橫過。其他年長的族人仍七嘴八舌地嚷嚷不公平等字眼，但從許兄的表情來看他絕對不會有絲毫服軟的跡象。

再說了，生活純樸的巴巴蘭貓人怎麼可能說服得了精明的大明人？

「怎麼樣，你們到底要不要拿鹿肉換鹽巴？不要的話許某就要去跟別的村子做生意了。」許姓商人邊說邊將鹽巴倒回到大袋子裡頭，人群中頓時揚起幾聲嘆息。

巴巴蘭人各個面面相覷，除了接受之外還能有什麼辦法？鹽巴、鐵鍋、剪刀……尤其是鹽巴！這是他們無論如何都製造不出來，同時也是最重要的香料。

因此，巴巴蘭人屈服了。

「好吧，我們……」

「不接受。」

清脆如銀鈴般的嗓音，以出乎意料之勢岔入雙方的對談。

＊＊＊

「荷莉葉特？」

始終待在旁邊不發一語的金髮碧眼女子，正踏出傲慢自信的步伐慢慢走過來。就像一隻雍容華貴的貓咪，即使荷莉葉特臉上帶著輕快悠閒的微笑，全身也透著一股高傲的氣質。

「荷莉葉特，妳剛剛說什麼？」梵問。

「我說我們不買了。」荷莉葉特右手一甩，說得更直白。

「這是什麼意思？」梵又問，一時還反應不過來。

「就是請這位獅子大開口的商人馬上滾蛋，這樣子夠清楚嗎？」

「請別打擾我做生意好嗎，金毛人？」許姓商人走上前，面對眼前這位格格不入的白種女人。

「你管這叫做生意？我還以為是打劫嘞。」荷莉葉特不甘示弱。

「巴巴蘭人買鹽是他們的事情，跟妳這個外來者無關。」

「關係可大了。」她道：「這群巴巴蘭人在我們的保護之下，我們得盡可能讓他們免受傷害——其中也包括被奸詐的大明商人敲竹槓。」

「哼，笑死我了。」許兄冷笑一聲，說：「沒想到妳不只想控制大明沿海地區，甚至連這座島上的事務都想插一手。」

「妳聽說過我？」

「許某當然聽過妳的大名。妳是擁有金頭髮的女惡鬼，荷莉葉特。」

「還有呢？」荷莉葉特微微揚起下巴。

「聽說妳自大、作風獨特，手段又很殘暴。」許兄冷冷回答：「妳和妳的紅毛人艦隊擅自佔領屬於我大明國的漁夫島，又在我們大明國的沿岸村鎮殺人放火。從廣東省到漳州省，甚至是位於福州省的舟山島，海上陸地無一倖免，摧毀了許多村莊、堡壘與海港。」

荷莉葉特當場揚起半邊眉毛，同時作出一個再跩不過的表情。

「那你應該知道招惹我們的後果，通常不怎麼美好。」她說著，右手手掌已經放上劍鞘。

「不愧是野蠻的紅毛人，什麼事情都想以暴力解決。」

「只有在有利可圖的時候，況且你們這群海商……不，亦盜亦商的傢伙不也是如此嗎？」

「彼此彼此，金毛人。」

大概是意識到再講下去也沒什麼意思，許姓商人將一大包鹽袋掛回驢子背上，並對在場的巴巴蘭人說道：「看來你們不想買鹽巴了，我這就離去。」

「等、等一下，我們……」

某些巴巴蘭人還想說些什麼，荷莉葉特卻在眨眼間拔出散發冷光的西洋刺劍，武器出鞘的一陣呼嘯聲打斷了他們的句子。

「送客！」荷莉葉特高喊。

＊＊＊

「妳瘋了嗎，荷莉葉特？」

不出所料，人群中率先發難的是梵。

「是啊！妳居然把賣鹽的商人給趕跑了！」

「這下我們該如何是好？」

其他的巴巴蘭人也譁然騷動，對於荷莉葉特方才的舉止表達激烈的不滿以及不解。

「嘴巴放乾淨點，梵。」荷莉葉特狠瞪他一眼：「雖然我這個人不怎麼在乎禮節，但也不會任由其他人對我指指點點的。」

面對金毛女人投來足以殺人的目光，此時的梵隱忍住心中的恐懼，右腳刻意往前重重踩了一步來隱藏雙腿發抖的事實。

另一方面，荷莉葉特一邊收起刺劍，一邊從鼻子裡呼出冷笑。她說：「剛才那個大明人打算用離譜到極點的貨跟你們交換鹿肉和鹿皮。你應該感謝我阻止了他的惡行才對。」

「妳這算哪門子幫忙？」梵雙手一攤。「少了鹽巴，我們要如何保存肉類食物？」

「缺少鹽巴？你在跟我說笑吧！」荷莉葉特不自覺地提高音量：「你們村子外圍明明有一大片——」

她本想說出「鹽田」二字，最後卻撇了撇嘴，把到嘴的話語吞了回去；她用手撫著下巴，好像在盤算什麼似的。

「妳想說什麼？」梵質問對方，他當然無法看透荷莉葉特的心思。

荷莉葉特聳了聳肩，改口道：「既然沒有鹽巴醃漬鹿肉和魚肉，那就多吃蔬菜和米飯。我記得你們不是有種植小米嗎？」

「有是有，但總不能永遠只吃小米蔬菜……」

梵垂下貓耳朵和貓尾巴，一臉不知所措的模樣。

「梵，我現在問幾個問題，你要誠實回答我。」

猛地，荷莉葉特向梵投出毫不相干——甚至有些莫名其妙的句子。

「什麼問題？」梵一臉茫然。

「你仔細回想一下，那位許兄過去有沒有提出過這麼離譜的交換數量？」荷莉葉特問。

「沒有，這是第一次。」

「你認為是什麼改變了他的想法？」

「呃，我不知道……好痛痛痛，別捏我耳朵！」

「你給我動腦仔細想想。」荷莉葉特猛抓住梵的獸耳，再問了一次：「你認為過去和現在的環境有什麼不一樣的地方？」

「嗚嗚……過去有許許多多的商人會來跟我們交易，我們甚至會去他們的小鎮做買賣。許兄只是他們其中一人。現在……現在他們全部消失了。」

「你指其他大明商人嗎？」

「對，早在幾個月前他們就全坐船離開了。如今既沒有人會來找我們做買賣，那座小鎮也沒有人居住。」

「那麼，我們是否可以假設現在能賣東西給你們的商人，只剩下那位許兄呢？」

「聽起來很合理。」

「如此一來，他豈有不利用這兩個大好優勢的道理？」

「利用什麼？」梵還是不懂。

「唉喲，巴巴蘭人到底是有多純樸啊……」荷莉葉特仰天嘆道：「這附近既沒有別的競爭對手，而你們又不懂得製作鹽巴和鐵器，只能夠向大明人購買這些物品。也就是說，那位許兄吃定你們只能買他的商品，才敢把交換量提高到天價般的地步。這被稱之為『壟斷』喔！『壟斷』！」

「唉？」

唉唉唉唉唉唉！

現場的巴巴蘭人全都嚇了一大跳，梵本人更是不敢置信。

「不、不可能吧？許兄看起來是個很和善的人，他還會送甜甜食物給我們吃，那個很好吃喔！這麼和善的人怎麼會……」

「你這個金毛人可別亂說啊！許兄與我們做生意的時候，你們這些金毛和紅毛的傢伙們可還在海上漂來漂去呢！況且你們也不可能知道大明人那邊的狀況吧？或許是運送鹽巴時出了什麼意外……」

「沒錯沒錯！說不定下一次許兄就會將鹽巴的交易量調整回來了啊。」

巴巴蘭人們開始嘰嘰喳喳的表達起對荷莉葉特的不滿，但荷莉葉特卻絲毫不肯退讓，轉頭便對著人群大聲的喝斥。

「安靜！誰敢說我是隨口亂講的嗄？難道你們不懂，以自身優勢和利用他人劣勢來達成目的，正是人類的天性！」

「我就不會這樣子想。」

「這就是你們被對方吃得死死的原因，梵。你自己動腦算一算，如果想要換到像以前一樣多的鹽，你們必須要再多獵上幾頭鹿才夠？再多殺二十頭也不夠啊！而且如果下一次他還是用這麼少的鹽和你們交換鹿肉呢？」

「這……這樣子獵場裡的鹿只會被殺光光，通通被拿來換鹽巴的……我們該怎麼做？」

「船到橋頭自然直，事情一定會好轉的。」荷莉葉特斬釘截鐵道。
「船到什麼？」
「哎呀，總之我會想個好辦法子啦。但我還是建議……不，我警告你們不准向他購買任何商品。要不然我就立刻帶士兵撤離巴巴蘭村，我們從此再也不相往來。」
「怎麼這樣……」
只見荷莉葉特轉身離去，留下哭喪著臉的梵。

＊＊＊

然而，事情並沒有如荷莉葉特所預料的好轉，反而越來越糟！
荷莉葉特的部下持續在夜間巡邏時遭受偷襲，唯一值得慶幸的是目前還沒有人因此喪命。讓荷莉葉特感到不安的是，他們身上的傷口幾乎是由弓箭或棍棒等武器所造成的。
這些都是巴巴蘭人使用的武器！
另一方面，巴巴蘭人則指控金毛人總會偷竊他們的糧食和器具。梵很確定自己的同胞不是小偷，巴巴蘭人絕不拿不屬於自己的東西；既然如此，小偷的嫌疑便理所當然地轉移至金毛人身上。雖然梵試著替荷莉葉特等人說話，可是一點用也沒有。
更糟糕的是，金毛人常常擅闖巴巴蘭人的獵場，擅自獵殺他們的動物；當雙方日復一日陷入彼此怪罪的情境，原本不穩固的關係就顯得更加脆弱。

雙方的猜疑、指責與不信任，全都深刻的扎在梵的心裡，但卻什麼忙都幫不上。所有的解釋、安撫被扭曲成了偏袒與包庇。甚至還有族人質疑梵是從金毛人那裡得到了不少好處，才會處處維護金毛人。龐大的壓力沉甸甸的壓在少年的心上，讓梵只感覺到既疲累又煩悶。但卻彷彿置身在一片漆黑的海洋之中，找不到半點方向……

「你果然在這裡啊。」

「哇哇哇啊啊啊啊！荷……荷莉葉特？不要嚇我好嗎？」

看著眼前這一名熟悉的金毛人，梵一邊用手掌拍拍胸脯，一邊大口喘氣。他剛才竟絲毫沒有注意到有人靠近了。

「是你自己太專注在沉思上面了吧。算啦、客套的問候就省了吧。光看你的表情就知道，這陣子過得很不爽對吧？」

聽到荷莉葉特一語戳中了自己的痛處，梵的鼻子只感覺到一陣酸楚。淚水開始在眼眶裡面打轉，就連頭上的貓耳也都無力的垂了下來。

「荷莉葉特，我到底該怎麼辦？大家……都不肯相信我的話，每個人都說……都說金毛人很壞。而我是被金毛人給騙了，才會……才會一直幫你們說好話。」

想起最近幾天所承受的委屈，梵又忍不住流下了眼淚。感覺自己真的是好無助、好渺小…

但荷莉葉特接下來的話卻是大大賞了梵一記耳光。

「啊——啊——所以我才說，你真的是一隻小笨貓啊。」

石虎少年驚愕的抬起頭來，張大眼睛直盯著眼前的金毛女人。

「你剛才說什麼！我可是——」

「拼命的在替我們說好話，對吧？但你有沒有想過，當大家都在發火，而你卻還拼命和大家唱反調。這樣根本不可能平息眾怒，只會越弄越糟啊。」

「呃，這……」

這意料之外的提醒有如一道清流醍醐灌頂！

梵忽然發現自己竟完全無法反駁荷莉葉特。難道大家會不願意相信自己，很大的原因其實是自己的無知所造成的？

「自己動動腦筋去思考吧，而且這些事情不是一時半刻就能解決的啦。你知道大明人的村子或者聚落在什麼地方嗎？」

「大明人的村子？我……我當然知道囉！但妳為什麼忽然問起這些呢？」

荷莉葉特的臉上又浮現出那抹桀傲不遜的頑強笑容，彷彿根本沒有任何事物可以阻擋在她面前！

「當然是要來去大明商人們曾經待過的村莊裡頭蒐集各種線索啊。不過，在出發以前，我想我們還需要找個墊背。」

「嗄？」

第六章

信賴的重量

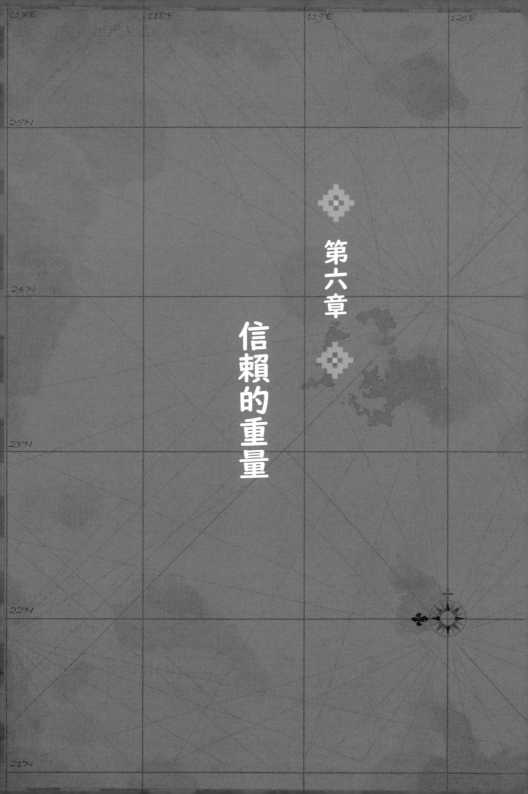

梵少有機會進入金毛人的營地。

此地位於一處與陸地不相連的濱外沙洲。遠遠的觀看，這片陸地就像從海平面上冒出的鯨魚背部，而異族人則在牠背上搭建一棟棟房子。他們使用木頭船板、砂土和竹子建造梵前所未見的矮牆，四面圍繞住這座基地。而手持火柴的戰士則隨時輪班巡邏，把面向陸地的方位防備得滴水不漏。漲潮時，海水還會淹沒較淺的地面，剛好切斷異族堡壘內陸和沙洲雙方的連結。

這裡不單是警戒森嚴而已，梵暗暗心想。金毛人彷彿是在防禦什麼看不見的敵人，運用建築和地形保護自己，有點像是一頭烏龜。

「你們是不是警戒過頭了啊？」梵問荷莉葉特。

「為了避免半夜有人潛入營地，一個個割開我們的喉嚨。」荷莉葉特瞄了梵一眼，說：「這些是必要的措施。」

「妳的戒心真的好重喲……」

「經驗談罷了。」

進入營地之後，許多異族人的男性戰士一看見荷莉葉特，都會放下手邊的工作並立正站好向她敬禮。

「上尉小姐，午安！」

「您好，上尉小姐。」

「上尉小姐！」

他們無一不稱呼荷莉葉特為「上尉小姐」。

「上尉小姐……嗎？」梵呢喃著那個陌生的異國稱謂。

「食物和淡水的補給充足嗎？防禦工事的建造呢？別一副苦哈哈的表情。」

梵仰頭望著荷莉葉特下達指令的側臉。嚴肅的面龐和平時吊兒郎當的她彷彿不是同一人。她的言行舉止偶爾暴走，時而驕傲，有時既荒唐又難以接受，但絕對自信滿滿，讓人不由得深信她所說的話都是真的。

關於上尉小姐——荷莉葉特有很多傳言：傳說她曾經徒手幹掉一隻孟加拉虎，傳說她曾經手無寸鐵與一名全副板甲的敵人決鬥，結果自己的肚子被劃開，腸子都快掉出來，最終依然得勝並將對方的頭給砍了。

這些傳言最令人不安的地方，在於它們絕大多數都是真的！

當然，梵本人並不知道上述這些往事。他只覺得眼前這些男人特別聽荷莉葉特的話，大概是因為她是這群異族人中唯一一位女性吧？

喔，不對。梵在內心更正，她並非此地唯一一名女性。

正當他這麼想的時候，梵來到一頂由巨大帆布搭成的帳篷，門口還慎重地用帆布遮蓋住。

「我進來囉，笨蛋騎士。」

還沒給對方應答的時間，荷莉葉特已經掀開帆布走了進去，梵則是慢了一拍才跟上她的腳步。

帳棚內有些陰暗，寬敞的空間中只有擺放幾張椅子、桌子和一張意義不明的長方形家具。不過梵幾乎立刻就注意到它們的外觀與風格與眾不同，就算是大明人也不曾擁有這種類型的家具。

沙——沙——

他靈敏的石虎耳朵捕捉到物體摩擦的聲響。那一對圓圓耳朵微微轉動幾下，足以看穿夜幕的貓眼也輕易尋找到聲音的來源。

一名紅髮女人，以及她抱在懷中的金屬物品。

「哈囉，薩斯姬雅。」荷莉葉特向對方隨意打了聲招呼，她說：「還喜歡妳的小貴族空間嗎？」

在梵的眼中，薩斯姬雅是一名美麗高傲、讓人難以忽視氣勢的女人。他暗暗想著：比起燦爛如太陽的荷莉葉特，眼前這個女人更像是一朵艷紅如火的刺桐花。

不過相較於一頭艷麗的紅色頭髮，她的個性卻冷若冰霜，臉上沒有一絲表情。

「無論身在何處，妳都充分保有貴族的格調呢。」荷莉葉特一邊說一邊環顧四周。「竟然能在偏遠的野蠻境地建造這麼可愛的小空間，真佩服妳的堅持。」

「無論身在何處，妳都充分保持著那份傲慢無禮。」薩斯姬雅則是冷冷地回嘴。

「別這麼冷淡嘛。」金髮女子依舊不肯罷休，笑嘻嘻的說道：「我們兩個不是朋友嗎？」

「如果妳認為我會想跟妳有說有笑談天說地，那我就會把火槍放到自己嘴裡，然後用舌頭扣下板機！」

「哇噢，妳是說真的嗎？那我願意花二十里爾來觀賞妳表演這門絕活。」

「更好的辦法是一槍斃了妳。」薩斯姬雅補充道。
「怎麼樣，她是不是很可愛呢？」荷莉葉特轉向梵問道。
「我不會用可愛來形容這反應……」梵愣愣地說。

忽然間，薩斯姬雅的目光突然轉到梵身上。他發覺自己就像被蛇盯上的老鼠，從頭上的貓耳到屁股上的尾巴都被對方徹底瀏覽一遍。
「妳……妳在做什麼呀？」梵開口問對方，他只是想趕快轉移注意力。
「我在擦盔甲。」薩斯姬雅的語氣毫無抑揚頓挫，不過聽起來似乎緩和一點。
「盔甲是什麼？」梵再問。
「就是我穿在身上，用來保護身體的這個東西。」她一邊說一邊用手指輕敲手中的金屬物，也被通稱為頭盔。
「為什麼要擦盔甲？」
「在這麼潮濕的地方，只要沾上點海水或雨水的，很容易就會鏽蝕掉。」
「鏽蝕又是什麼意思？」
「就……我想想……嗯，就是壞掉的意思。」

原以為冷酷的薩斯姬雅會不屑於回答梵的問題，但她卻出人意料地為原住民少年一一解答，平靜的嗓音中聽不出有一絲不耐煩。

「這太不公平了。」荷莉葉特對此提出抗議，「為什麼妳跟我講話就巴不得要我去死的神情？」

「因為妳就是這麼找死。」薩斯姬雅淡淡回應。

接著這名紅髮女騎士轉頭看向梵，讓後者不禁反射性地站直身子。

「你問我那麼多問題，那這回換我問你了。」她說道：「你和荷莉葉特究竟來找我做什麼？」

梵當場愣住。

對啊，他到底是來做什麼的？梵佈滿斑點的尾巴豎起並且輕微擺動，不太清楚該怎麼說下去。

「喔呵呵呵，這個問題就交給我來回答吧！」

荷莉葉特昂首挺胸，自信滿滿地走上前準備宣布……

「那我不想聽了。」

語畢，薩斯姬雅繼續埋首擦拭盔甲。

「別不理我啊喂！」

巴巴蘭少年搖了搖頭，他認為自己一輩子都無法理解異族人相處的方式。

＊＊＊

「情況我大致理解了。」

此時的薩斯姬雅已經穿回盔甲，上半身穿掛著擦得光亮的胸甲，就連肩膀和雙腿上都覆蓋著精緻的金屬物體，整個人看起來無堅不摧。

「簡單來說，大明商人突然間向你們獅子大開口，荷莉葉特卻宣稱自己可以解決這件事情。所以你們倆才一起行動，是不是這樣子？」

「沒有錯。」梵猛點頭。

「既然有不公平之事發生於眼前，那麼身為貴族騎士的我會盡全力協助你。」

「謝謝妳，薩斯姬雅！」

「沒、沒什麼啦……」受到原住民少年閃閃發亮的目光直射，就連她都不由得暫時瞥開視線。

「話說回來，『跪足』和『歧視』是什麼意思？」梵問。

「啊，讓我解釋給你聽。所謂的貴族是……」

一路上，梵和薩斯姬雅有說有笑的；儘管雙方之間依然存在語言隔閡，他們相處得卻異常融洽。

然而……

「嘖，居然聊這麼高興。明明是我專屬的本地嚮導……」

一旁，荷莉葉特踢著地面上的小石子，又冷冷地瞄了梵一眼，心想能不能一拳打掉他臉上明顯的喜悅之情。

「不過我還是無法理解兩點：第一，荷莉葉特為何要找上我？」薩斯姬雅問。

「因為妳是最閒的那個人。」荷莉葉特想都沒想便說：「妳完全沒有打算幫我建造防禦工事，整天只會窩在自己的帳篷裡擦盔甲。」

「我不做粗鄙的勞動，那是妳和其他士兵的工作。再者，光是親自保養盔甲就已經超出我身為騎士的職責。我是貴族，不是僕役。」

「妳很閒。」

薩斯姬雅瞪了對方一眼，然後問道：「第二，妳有什麼計畫嗎？因為我們從剛才就在漫無目的地散步……」

打從三十分鐘前開始，梵、荷莉葉特，以及薩斯姬雅一行人就正沿著海岸線行走。他們離開營區有好一陣子了，卻不見荷莉葉特有任何作為。

「這個嘛，妳應該聽得懂市場壟斷吧？」荷莉葉特質問對方。

「我當然知道市場壟斷是什麼意思，這個詞最初出現在亞里斯多德的著作之中，用於描述橄欖油遭壟斷一事。」

「不……不愧是貴族大小姐，挺博學嘛。這我也知道喔！」

「妳就直話直說，別把我跟妳這個野蠻傭兵相提並論。」

「簡單來講，只要打破那位大明商人獨佔市場的狀況，梵和他的族人就能像過去那樣用合理數量的鹿皮，買下合理數量的大明人商品。」

「這確實是符合妳一直線思考模式的解決辦法。」

「……我只覺得妳在嘲諷我。」
「妳多心了。」
荷莉葉特瞪著薩斯姬雅，不發一語。
「那麼，造成市場壟斷的原因是……」
「是毗舍邪。」
當梵說出那個陌生詞彙的時候，薩斯姬雅幾乎反應不過來。
「毗舍什麼？」她說。
「毗舍邪是一種恐怖的怪物。」梵解釋道：「牠們神出鬼沒，時常在夜晚從深海中爬上岸來，對岸邊周遭的人發動攻擊，甚至吃人！對了，毗舍邪還會在夜裡發出詭異的鳥叫。」
「你的意思是，這個怪物最近常常襲擊大明商人，使得他們大多數人不敢踏上這座島嶼囉？」
「我、我猜是這個樣子……」
「你不確定嗎？」薩斯姬雅追問
「這些消息都是從大明商人那頭流傳過來的，就連我也沒有親眼見過毗舍邪。」
「既然大明人全都逃跑了，你們怎麼不逃？」荷莉葉特問。
「我們之中確實有人提議遷村，但我們能逃去哪裡？我不想遷村，我想保護村子！我想保護巴蘭！」

「而就在這個時候，我荷莉葉特宛如救世主般颯爽登場了！」她一副雙手插腰很了不起的模樣，彷彿在等待梵拍手鼓掌。

「救世主是什麼意思呀？」梵問。

「看來你還有得學。」

薩斯姬雅無視女上尉充滿愚蠢氣息的行為，逕自分析下去：「所以說，我們必須要找出並消滅毗舍邪，讓其他大明人願意回流此地。如此一來，許姓商人就會失去壟斷的優勢。」

「正解！」荷莉葉特豎起大姆指。

「我倒想問問，為什麼唯獨這位許姓商人不懼怕毗舍邪？」紅髮女騎士問了個很實際的問題。

「因為他擁有其他大明人所沒有的船艦，以及比你們更大的要塞，所以才不怕毗舍邪吧？」梵說，語氣不是很確定。

「就是這個啦！正因為他背後擁有強大的力量，他才敢繼續和你們做生意，也才敢大膽的欺負你們巴巴蘭人。」

「原來如此，妳想得好仔細喔，荷莉葉特！」梵對金髮女子露出仰慕的神情。

「應付這種事情的唯一方法，就是衝向幕後主使者或主因，然後將對方痛痛快快地海扁一頓，事件就解決啦！」

「呃……」

仰慕的神情瞬間消逝。

「這的確是符合妳一直線思考模式的解決辦法。」薩斯姬雅重複道。
「我覺得妳從剛才開始就一直在嘲諷我，妳欠揍啊！」
「妳多心了⋯⋯話說回來，我們到底要去哪裡？」
薩斯姬雅才剛問完，梵便停下了腳步。
「就是這裡。」梵手一指。
映入眾人眼前的是一座破敗不堪的小鎮——它坐落於海岸邊，任憑著海風與海沙的掏洗，彷彿要直到它最後一絲破敗傾頹都給摧殘殆盡為止。
「這裡就是過去大明商人時常跟我們貿易的地方。」

＊＊＊

當梵一行人踏入這片土地時，彷彿進入了一個死亡之地。
大白天的，整個小鎮卻有如黑夜般沉浸於無邊的死寂中。沒有狗叫、沒有煮飯的白煙、沒有母雞帶小雞在泥地上行走，更沒有玩耍奔跑的小孩子。那種感覺就像是生命跡象已經完全滅絕，一看便知道許久沒有人駐足過於此。
「這個地方原本住了好幾百個大明人。」梵說：「可是毗舍邪出現的傳言愈演愈烈，傷亡者也越來越多。大明商人害怕得接連搬離小鎮，最後一個都不剩。」
「你們⋯⋯他們從來沒有捕捉到一隻毗舍邪嗎？」荷莉葉特問。

梵搖搖頭，說：「我聽其他商人講，他們過去也不是完全沒有跟毗舍邪交手。但這一次惡鬼入侵得太頻繁，數量多得不可思議，逼得他們不得不放棄小鎮。」

「哈，這對你們不是好事嗎？」荷莉葉特笑道：「我記得你的族人不喜歡外人打擾。」

「如果完全沒有大明商人跟我們通商，也很讓人頭疼呀。我們需要鹽巴、鐵器還有漂亮的布。」

「鹽?你們村落前面不正有一座天然鹵田嗎？」薩斯姬雅轉頭看向荷莉葉特，「我記得妳說過鹽就是從鹵田製作出來——咕嗚！」

一瞬間，荷莉葉特伸手摀住薩斯姬雅的嘴。

「梵，自從大明人離開之後，你有來過這座村子嗎？」她立刻轉移話題。

「沒有，我才不想來這麼可怕的地方嘞。」梵回答：「就連大明人都懼怕的怪物，我們巴巴蘭人怎麼可能打得贏！」

「那我們來調查一下這座廢棄村莊，如何？」荷莉葉特笑瞇瞇地說。

「我該找什麼好呢？」

「打鬥破壞的跡象。」荷莉葉特回答：「假如大明商人是被怪物打跑的，應當會留下一絲交手的痕跡。我們或許能從中得到毗舍邪的情報。」

「可能性很低。」薩斯姬雅說。

「還是要搜。」

「妳可以問問看島上其他大明人。」薩斯姬雅說的話總是一針見血。「他們知道的一定更多。」

「這座島上的大明人只剩下姓許的傢伙，而他絕不會幫我們打破壟斷市場的環境。」

「我們只能靠自己了嗎？」梵呢喃道。

「你不是貓嗎，梵？鼻子、眼睛和耳朵不是很靈敏嗎？快點找！」荷莉葉特說著，還胡亂揉捏他頭頂上的貓耳朵。

「我知道啦，妳很愛命令人耶……還有別捏我耳朵！」梵的一對獸耳激烈抽動著，彷彿在試圖拍開荷莉葉特的手掌，結果只是惹來更多蹂躪。

忽然間，梵查覺到薩斯姬雅正盯著自己看。當女騎士一接觸到原住民少年的目光時，她便立刻轉過頭去，當作什麼事都沒發生一樣。

梵困惑地眨了眨眼，但沒有追問她。

鎮裡沒有一棟房屋透出燈火，四周充斥著斷垣殘壁的陰影。他們可以看到這座村莊相當殘破，圍著小鎮的柵欄已經成片倒塌。大量木屋坍塌損毀，道路上布滿各種雜物或破箱子，顯然是用來載貨物的；光從數量上判斷就知道這座小鎮的光景原本有多繁榮。

如今放眼望去一片狼籍，簡易的木造房屋在海風侵蝕下斑駁不堪。屋內的家具不是失蹤，就是變成無數片腐爛的殘骸。生活用品隨處可見，尤其是各式各樣的大明器皿或容器，不過多半已碎成碎片。好幾棟看似是糧倉的建築物坍塌成一座座廢墟，大概是被前陣子的暴風雨吹倒的。

梵謹慎地打量死寂的街道，手掌沒有離開掛在腰間的小刀。

如果惡鬼或怪物之類的東西真的到過此地，不可能沒有留下蛛絲馬跡。而且一向以精明著稱的大明人絕對不會平白無故放手離去。答案就躺在這座小鎮某處，梵一定要找出答案。

畢竟，此事攸關他們族人的生活。

他們一行人就這麼東看看、西找找，梵偶爾會停下腳步聞聞地面。這座貿易小鎮就這麼靜靜地躺在朦朧的夕陽下，每棟房子都冷冷清清，甚至連一隻野生動物也見不著。

傍晚迅速化為黑夜，不過陰暗的天空依然籠罩在夕陽的餘暉之中——就在最後一絲光芒即將消逝於海平面之前，梵大叫了起來。

「荷莉葉特，妳快看那座屋子的大門！」梵手一指。

他們走到一棟不起眼的屋子前，發現大門有明顯被強硬砸開的痕跡。

「那又如何?不過就一扇門被砸爛而已。」薩斯姬雅道。

「不，事實上……」

梵環指了指四周建築物的門窗，幾乎全都有被破壞闖入的跡象。

「海盜或小偷之類的。」她聳肩。

「大明商人當時帶走所有的家當和商品，這裡根本沒啥好偷好搶的。」梵說。

荷莉葉特和薩斯姬雅對看了一眼，接著她們一齊從腰間拔出自己的武器——金髮女上尉手持一把樣貌樸實的細長刺劍，紅髮女騎士則是一把劍刃稍寬的闊劍。

梵悄悄走到門邊。在凝止的空氣中只聽得見陣陣海風徐吹的聲音，木製的支柱和天花板吱吱作響。他探頭看了一下屋內，然後向荷莉葉特與薩斯姬雅點點頭。

她們倆衝入室內。

「空房。」

「我想也是。」

廢棄的屋子空空如也，什麼也沒有。

「簡直是浪費時間。」薩斯姬雅嘆了一口氣，以十分優雅的動作將長劍收回劍鞘。

「我看我們在這住下一晚好了。」荷莉葉特則是相當隨性地將劍插回去。

「我不認為這是個好主意。」薩斯基雅說。

「妳越討厭的事情，我就偏要做！」

「我現在知道妳為什麼不受歡迎了。」

「才怪，我在同僚中超受歡迎的！我可是被他們票選為：雖然長得不錯身材又好，但是作為老婆的話有點那個所以還是不要好了——排行榜第一名喲。」

「這樣一點都不值得驕傲。」

「順帶一提，妳是第二名。」

「這是因為船團中只有我們兩個女的，而且我現在完全沒有結婚的打算！」

「呵，別這樣子嘛。男女關係可是好東西……在我的妄想裡。」

「那剛才的冷笑算什麼！」

梵默默望著荷莉葉特，眼神裡充滿欽佩；這個金毛女人竟然可以讓總是面無表情的紅毛女人怒吼起來，可見她惹惱人功力非同小可。

因此他決定閉上嘴巴不發一語。

就在此時，屋外傳來一陣陣悶悶的雷聲。天際閃著雷光，暗灰色的雲層越積越厚。

最後降下傾盆大雨。

「看來，我們暫時離不開了。」梵說道。

＊＊＊

面對著廢棄的大明人小鎮，三人暫時沒有線索。經過商議，荷莉葉特堅持今晚在此地裡過夜尋找更多線索。好在棄鎮裡有一個大倉庫聳立著，他們三人就在裡頭住了下來。

此時天色已經完全黑了下來，使得小鎮更顯鬼魅。除了偶爾吹過沿岸的海風，梵只聽得見雨滴打在屋頂的聲音，獸耳隨著滴滴答答的節奏一陣一陣抖動。大雨夜裡寒氣逼人，三人圍在倉庫邊上升起了篝火，用溫暖的火焰驅走了身上的寒氣。

「梵，坐過來我這邊。」

「哎？喔……」

荷莉葉特一聲令下，梵就乖乖地坐到荷莉葉特面前，不過是背對著她。然後，金髮女上尉非常自然地將下巴靠在石虎少年的頭頂上休息，完全沒有徵求對方同意的打算。

梵也懶得跟她爭論。

「你的耳朵好軟耶。」說著，荷莉葉特還不忘用手指去戳他的圓型獸耳。

有好一陣子，破爛的倉庫內陷入尷尬的沉默，只剩下柴火的劈啪聲不絕於耳。

「……」

梵總覺得坐在他正對面的薩斯姬雅用一種不悅目光直盯著他。她自始自終沒有出聲講話，梵不曉得自己是不是在沒有自覺的情況下得罪了對方。

「那個，薩斯姬雅……」

「嗯？」紅髮女騎士隨意地應了一聲。

「我是不是讓妳不高興了？」他問。

「沒有。」

「我做錯什麼事情嗎？」

「沒有。」

「妳生氣了？」

「沒有。」

「……」

薩斯姬雅依然緊盯著梵不放，而荷莉葉特的嘴角則上揚到了一個全新的境界。

「你真傻啊，梵。她只是單純想要蹭你的……」

鏘！

荷莉葉特話才說到一半，薩斯姬雅就已經抓起她的長劍了。

「閉嘴。」她冷冷地說。

「好好好，不說就不說，犯不著發這麼大脾氣。」荷莉葉特聳肩道。

凝重的空氣中瀰漫著潮濕的霉味，以及令人難以忍受的死寂。

「我們來談談毗舍邪的事情吧！」

再度打破沉默的仍然是巴巴蘭少年。

「雖說如此，我們幾乎沒發現什麼有用的線索。」薩斯姬雅說：「這座村子確實有被入侵的跡象，但那根本不能說明什麼。」

「假如我們嘗試將怪物的特性和至今發生的事件結合在一起呢？」荷莉葉特提議道。

「妳是什麼意思？」

「就我們目前所知的，毗舍邪會發出怪鳥聲音。這件事不是挺重要的嗎？」

這時薩斯姬雅垂下目光，一邊回憶一邊說道：「一個多月以前，我們首次登陸這座島的那一天夜晚，女王號就遭到不明者偷襲，死了十個同胞，他們的裝備也不翼而飛。我們到現在都不曉得是誰幹的。」

「許多士兵聲稱在那天夜裡聽見了詭異的鳥叫聲。」荷莉葉特提醒薩斯姬雅。

「沒錯，我也聽見了。」她點點頭。

「事實上，當我從船上落水前一刻我也聽見了鳥叫。正因為那股叫聲讓我分神，害得我跌落海中。」

「妳之前幹嘛都不提起這件事？」薩斯姬雅瞪了對方一眼。

「我之前又不知道毗舍邪的叫聲是什麼樣子。」荷莉葉特雙手一攤。

「如果當初襲擊我們的真的是毗舍邪，為什麼過去這一個月完全沒有現身？這個臆測太薄弱了。」薩斯姬雅說。

「我猜想會不會跟天氣有關。」荷莉葉特道：「我落海的時候和女王號遭襲的時候，恰巧都是在暴風雨之夜。」

「這麼一說，最近的天氣都很好呢。」梵打岔道：「白天時梵又亮又大，夜晚時塔瑪露又圓又白的。」

「梵？塔瑪露？」薩斯姬雅皺起眉頭。

「梵在我們語言裡就是指白天天上那一顆閃亮的球啦，塔瑪露指的夜晚時掛在天上的球。」梵很驕傲地解釋。

「別搶我的話，小貓咪。」荷莉葉特彈了一下梵的貓耳，接著說道：「總之，這一個月來完全沒有下過雨，他們大概只有在雨天才會出現。」

「我還是覺得這個講法太牽強了……」紅髮女騎士搖了搖頭說：「當晚的兇手可能另有其人，甚至是大明海盜都說不定。畢竟妳回憶一下，受害者身上的傷口多是由銳利的利器所造成的。我不認為一個會發出鳥叫、而且只會在暴雨夜出沒的野生怪物擁有這類武器。」

「魔鬼就藏在細節裡；如果我們能有機會多了解這個怪物的行為舉止，就能夠更加輕易逮到牠們！」

荷莉葉特越說越興奮、興致越加高漲，她最後甚至擺出右拳用力揮向天花板，接著準備發出代表性的「喔呵呵呵呵！」笑聲——

咯、咯咯咯、咯咯咯咯咯咯！

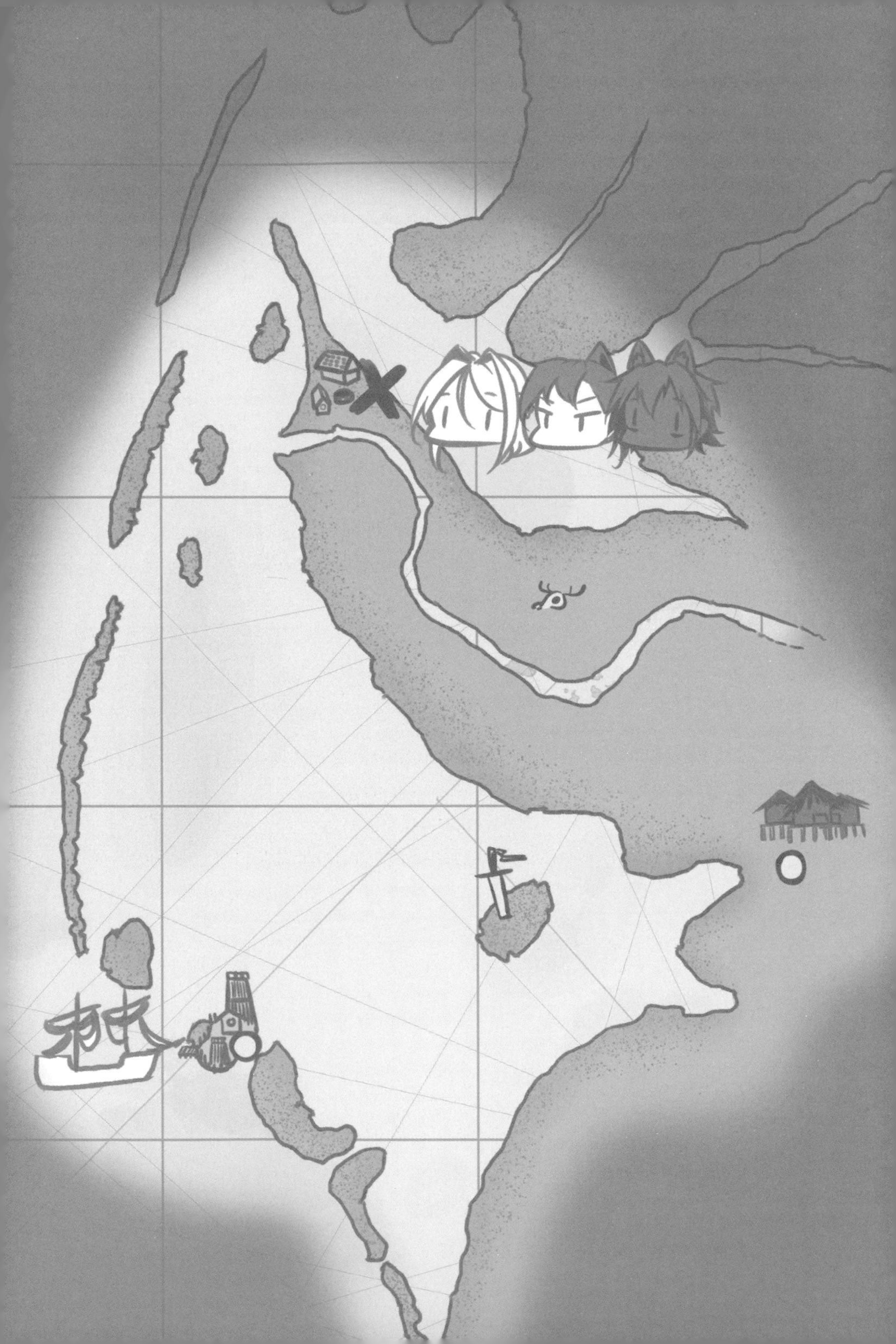

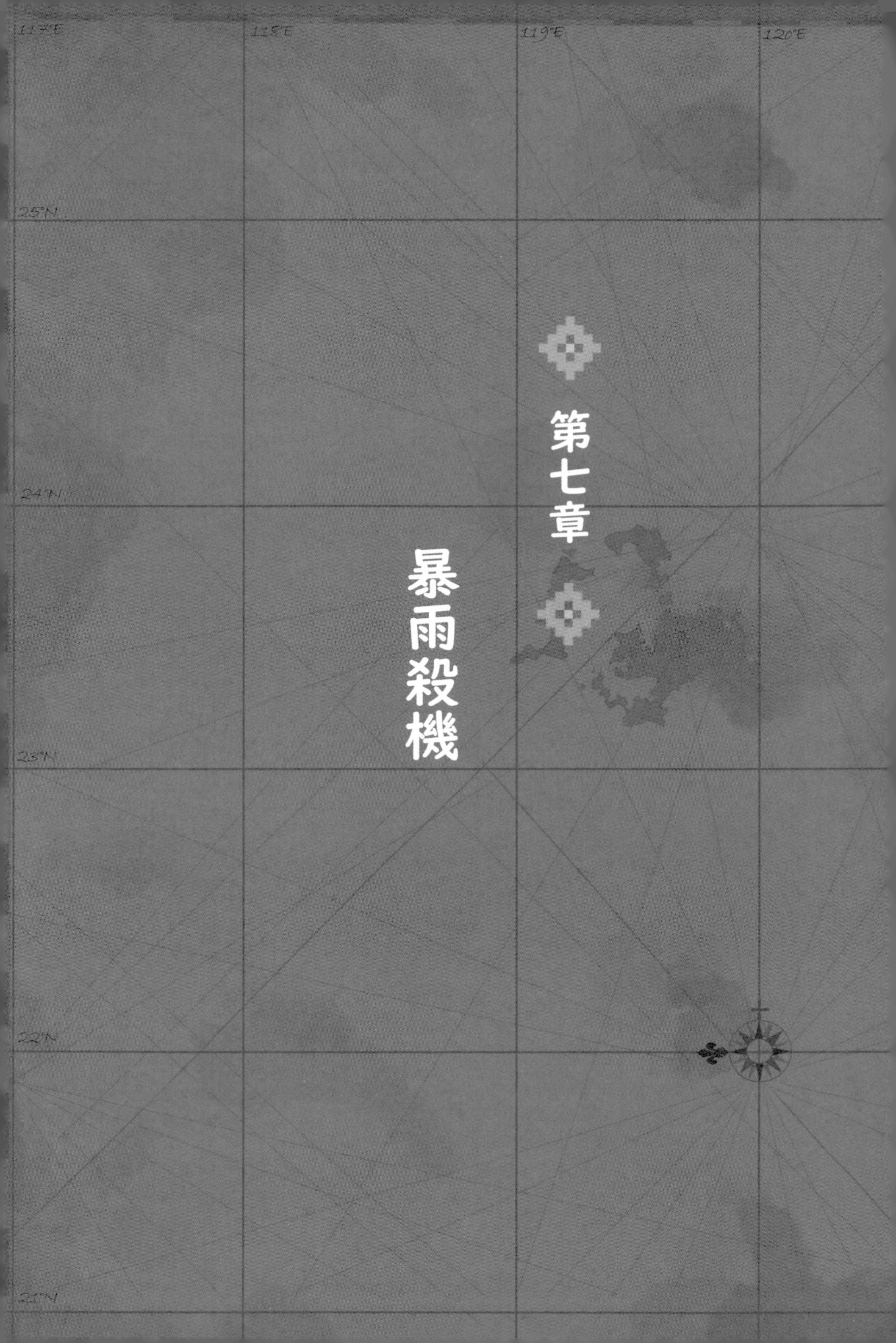

第七章

暴雨殺機

四周圍，忽然響起一股詭異的笑聲。

而且那絕對不是荷莉葉特的笑聲！

由於笑聲太過突然且使人毛骨悚然，如直接刺進人的心坎中，讓梵的獸耳和獸尾上的毛髮豎了起來。

「是誰？」梵嚇得當場跳了起來，卻不見發笑者的身影。

咯咯咯、咯咯咯咯嘎嘎嘎呃呃、咯咯咯咯咯！

「這是……鳥叫嗎？」

這聲音聽起來有點像鳥叫聲、又宛如嘶吼和歇斯底里的大笑聲。那嗓音讓人聯想到腐敗的肉，又尖銳的有如慘叫中的女人，甚至似笑似叫，叫人寒毛直豎。詭異至極的聲音逐漸變得響亮，隨著腳步聲接近而變得越來越大。

更要命的是，那聲音好似來自四面八方，團團圍住梵等人落腳的廢棄倉庫。

「我們被包圍了。」荷莉葉特說。

在場的三人同時將視線投向倉庫唯一的入口，火堆微弱的光線揭露了來訪者的面貌；更正，是來訪者「們」。

「怪、怪物！」梵失聲叫了出來。

數抹黑影緩緩踏入火光之中——牠們看起來就像醜陋扭曲的矮人，並且以雙腳行走，但只有約荷莉葉特半身的身高。怪物漆黑色的肌膚上沾著黏液，微微反射著火光。讓人聯想到兩棲類的粗扁頭部上沒有鼻子，只有一對鮮紅色的眼睛，沒有瞳孔，卻目光飢渴。面向荷莉葉特的大嘴閃爍利牙的光輝，口水一滴又一滴，一串串地往下掉。

牠們的意圖不言而喻。

一開始，梵還以為自己眼花了。可是這群怪物短小精悍的腿踏在地上落下濃濃的影子，確實證明了牠們具有實體存在。

「原來這就是毗舍邪嗎？」薩斯姬雅冷冷說道，眉間微微深鎖，露出了一絲厭惡的神情。

「我還以為你們怕得都躲起來了呢，沒想到自己就現身啦？這倒是省得我麻煩。」荷莉葉特拔出刺劍，站起身來擺出了戰鬥架式。

咯咯咯、咯咯咯咯咯咯！

回應她的是異常尖銳的怪鳥叫。毗舍邪咧開的口腔流出濃稠的唾液，拉成絲狀垂滴到地面上。

「當天晚上我聽見的就是這個聲音，該是復仇的時刻了。」薩斯姬雅說。

「月黑風高的暴雨之夜，搭配廢棄已久的小鎮。多麼適合怪物的登場。」荷莉葉特也微笑道。

「很抱歉打斷兩位，但牠們似乎要衝進來了哇啊啊啊啊啊啊！」

一隻毗舍邪以迅雷不及掩耳的速度衝入倉庫，朝荷莉葉特撲過來。後者毫無畏懼迎面而上。荷莉葉特單手握劍，在最後一刻彎曲前腳，壓低身子，讓細長的劍刃筆直刺入怪物的身體。黑色血液四濺，怪物倒地，尖叫地扭曲掙扎，直到荷莉葉特的長靴狠狠踩爛對方的頭。

「殺得死的怪物，就沒什麼好怕了。」她說。

咯咯咯咯咯嘎嘎嘎嘎嘎！

毗舍邪一齊吐出難聽的吼叫聲、躁動著，彷彿要將眼前的獵物撕成碎片，大快朵頤他們的血肉。

「記得跟緊喔，小貓咪。要不然我就丟下你不管了。」荷莉葉特微笑道。

「好、好的！」梵拔出腰上的匕首。

不過率先發難的卻是薩斯姬雅。

「殺出一條血路！」紅髮女騎士難得提高音量大喊。

她雙手持劍，朝出口處的毗舍邪衝過去。西洋長劍鋒利的冷光，彷彿切斷熟透大麥般斬斷敵人漆黑色的軀體，血花頓時飛濺各處。除了腳步聲和冰冷鋼鐵砍入血肉的聲音，原本寂靜的黑暗的沿岸小鎮響起一陣又一陣非人的嘶吼和尖叫。

「四隻、五隻、六隻……」

薩斯姬雅以熟練的技巧揮舞長劍，攻擊敵人不受保護的肢體。正如同持劍者的個性，她的動作既精準又沉穩，利刃每每都能砍斷毗舍邪的頭顱、劃開牠們的胸膛。這名女騎士靠著一把再普通不過的武器砍倒任何接近的怪物。空氣中血花飛濺，而她的盔甲很快就染上黑血的色澤。

「喔呵呵呵，居然連武器都沒有，只會前仆後繼湧上來。就連老虎都比你們強！」

荷莉葉特也展現出令梵瞠目結舌的戰鬥技巧。她手上的武器一次又一次刺瞎毗舍邪的眼睛、刺穿牠們的肉體。無論怪物的弱點為何，在荷莉葉特閃電般突刺下根本無關緊要。金髮女上尉的姿態美麗又優雅、迅捷又致命。更重要的是，一個月以來的無聊心情終於在此獲得宣洩；她盡情殺戮，臉上露出惡狼般的笑容。

死傷的毗舍邪在三人身邊的血泊中堆成一座小山，但其他毗舍邪依然不斷湧上來。

「小心！」

梵一頭將匕首插入毗舍邪的眼眶中，然後將扭曲的屍體一腳踢開。他看見一隻怪物撲向荷莉葉特，因此隨即以強健的四肢跳躍起來，眨眼間就來到敵人身後，揮動匕首砍入怪物的背脊。

「幹得好，梵！」荷莉葉特讚賞道。

「謝謝……可是，這樣下去不行。」他呢喃著。

每倒下一隻毗舍邪，立刻就有另一隻自黑暗中補上。梵的手臂逐漸開始疼痛、僵硬；每次把匕首插入怪物的身體之後，需要拔出的力道都變得更加沉重。

更令他感到擔憂的是荷莉葉特與薩斯姬雅。

她們倆無疑是優秀的戰士。但距離火光映照的範圍越遠，這兩名女子的動作就越加遲鈍。今晚的天際烏雲密布，甚至還飄著不小的雨水。沒有月亮賜予大地光芒，根本不曉得該往哪裡去。

「二十隻、二十二隻……不對，還是二十一隻？失算了。」薩斯姬雅撇撇嘴道。

「雖然打架能力不怎麼樣，數量倒是挺多的。哈哈……」荷莉葉特苦笑一聲。

毗舍邪一波接著一波湧上，猶如死屍上的腐蛆般翻騰且作噁。這些生物或許渴望變成人，甚至可能曾為人類——無論中途發生什麼事，上帝在牠們身上降下了懲罰。如今成了一具外型模糊不清、輪廓不明的生物。唯一清晰可見的只有那雙閃閃發亮的眼珠，彷彿還冒著火光；滿口利牙和利爪，映照出致命的光芒。

這樣下去會被怪物給淹沒的！梵大感不妙。

也許是對於獵物頑強的抵抗感到詫異，毗舍邪紛紛退回到沙灘上，加入黑暗中按兵不動的夥伴。還有更多毗舍邪正從海水裡冒出，好似殺之不盡。

「荷莉葉特！薩斯姬雅！」

梵叫了一聲，他靈巧地跳到兩位背對背戰鬥著的異國女子，用柔軟的貓科尾巴拐上荷莉葉特的腰間，將女上尉拉向自己身旁。然後他又讓尾巴勾搭上薩斯姬雅的手臂，指示女騎士往他的方向靠過來。

「接下來照著我的話做，聽見沒？」梵以不容拒絕的口吻說。

「等等，為什麼換你這隻小貓咪下達命令了？」荷莉葉特的語氣明顯不滿。

「因為我能夠看穿黑夜，妳們不能。」

「貓咪能在黑暗中來去自如，我怎麼沒想到呢？」薩斯姬雅道。

「沒有錯，所以要好好跟在我身後，我會帶領妳們回到營地。」

「提醒我以後記得在半夜時多安排些守衛，薩斯姬雅。」荷莉葉特打趣道：「要不然當這隻小公貓發情時，他可能會偷偷潛入我們的帳篷喲。」

「我才不會隨便這麼做！」梵義正嚴詞：「巴巴蘭男人只會潛入牽手對象(妻子)的家裡而已。」

「齁齁，原來你們真的會這樣做呀。」

「你們兩個別耍嘴皮子，敵人要來了。」

薩斯姬雅話音剛落，毗舍邪已經發動第二波攻勢，一邊發出刺耳可怖的鳥叫，一邊朝他們包圍過來。

「前方總共有五隻毗舍邪，殺掉牠們後筆直前進！」梵喊道。

「不用你說啦。」「遵命。」

荷莉葉特和薩斯姬雅異口同聲。

緊接著，她們倆往前衝刺，斬殺所有進入武器攻擊範圍內的怪物。

「薩斯姬雅，右上方！」

「謝謝你，梵。」

紅髮女騎士一劍將躍入半空中的怪物斬為兩段，手中的長劍彷彿沒有重量，當場讓毗舍邪的內臟如晨露灑落滿地。

「荷莉葉特，左有兩隻怪物從左方包夾過來了！」

「我看見了啦！」

幾乎是心臟鼓動一拍的時間，兩隻敵人同時遭到荷莉葉特的武器所刺穿——不，牠們是分別遭到刺穿的，只不過荷莉葉特的速度實在太快，快到叫人以為在一時內發生的事情。

「在前面的路口左轉，然後再右轉。對，最後直直衝過去，不要管後頭追上來的毗舍邪了！」

在梵的指示之下，他們三人以破竹之勢突破重圍，終於殺出一條血路逃離廢棄的大明人小鎮。他們沒命似地跑了一陣子，直到詭異的怪鳥叫逐漸遠去、直到自己再也跑不動為止才停下來。

「呼哈、呼哈……」

荷莉葉特彎身按著膝蓋，氣喘吁吁。頭昏目眩。儘管肌膚冰冷，體內卻像有個火球在竄燒著。等到風雨吹來後她才警覺到自己早已被淋得濕透，分不清身上的是汗水、雨水，或毗舍邪的血水。

「牠們沒有追來。」薩斯姬雅回過頭察看。眼睛既看不見怪物的蹤影，耳朵也聽不見鬼吼鬼叫。

「為什麼？」梵問：「牠們剛才不還拚了命地想抓住我們嗎？」

「我不知道。」荷莉葉特回答：「但我相信那些傢伙不會善罷干休。」

「牠們曾將大明人建造的海邊小鎮化為廢墟，那麼就一定會找上我們的營地。這一點無庸置疑。」薩斯姬雅難得同意對方的看法。

「梵，這是你第一次見到這種怪物？」荷莉葉特一反常態，不苟言笑地問道。

「對。」梵很快地回答對方。

「真的嗎？」

「我不懂妳的意思……」

「跟大明商人比較起來，巴巴蘭人居住於這片土地上的時間更久、更古老。為何卻只有大明人遇得上毗舍邪，你們本地人卻對這種怪物毫無概念？」

「我哪知道這種事情……」

「給我仔細想！」

「痛、不要拉我耳朵！痛痛痛痛痛嘎喵……」

「住手。」

薩斯姬雅上前阻止荷莉葉特。

「貓耳朵不是給妳這樣捏的。」她說。

「妳難道不覺得很詭異嗎，薩斯姬雅？」

「我也覺得事有蹊蹺，但我認為梵沒有在對我們撒謊。」

「何以見得？」

「眼睛。」薩斯姬雅答道：「我光看眼睛就知道他們不會說謊。」

「這什麼鳥推論。」荷莉葉特嗤之以鼻。

「比起這件事，我更擔憂營地同胞的安危。」

「可惡，我總覺得自己好像錯過了什麼關鍵的線索。」荷莉葉特猛抓自己一頭金髮，嘴裡吐出咒罵。「總之，我們得快點回到營地去通知士兵和船員。」

第八章

勇氣

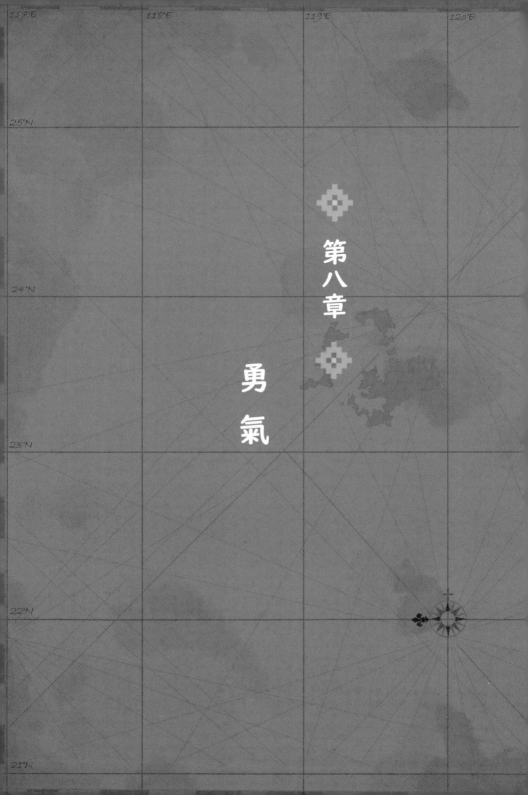

太遲了。

當梵等人趕回營地的時候，他們赫然發現位於沙洲上的營地也遭受了攻擊。營地內傷者和死者並肩躺在地上，倖存的士兵因剛才所經歷的一切疲憊不堪，甚至有些驚嚇過度。能夠動的人正在將黑色怪物的屍體丟到矮牆外頭，搭成第二座障礙物。

值勤的上士一看見荷莉葉特的身影，如釋重負似的鬆了一口氣。

「上帝保佑，您還活著！」他手持火把，一跛一跛地走了過來。但是在看見長官身上沾滿黑血之後，不由得又緊張起來。「上尉小姐，難不成您剛剛也跟那些怪物交過手——」

「說來話長。」荷莉葉特擺了擺手，說：「告訴我發生了什麼事。」

「太陽下山之後，我們聽見四周響起奇怪的鳥叫聲。一開始我們還不以為意，可是等到雨勢漸漸變大後，一隻又一隻長相像青蛙的怪物從海裡爬上沙灘上……」

「毗舍邪。」梵忽然說。

「什麼？」

「那些怪物的名字叫做毗舍邪。」

「管牠們叫什麼！」上士吼道：「那些傢伙不分青紅皂白發動攻擊，用牠們的血盆大口和利爪攻擊我們。而且由於下雨的關係，火槍和大砲根本無用武之地！」

「我相信你打退了牠們。」荷莉葉特說。

「我們奮力殺敵……也不曉得自己到底幹掉多少隻怪物……七隻、八隻……眼見無法衝破營地的防禦，牠們就各自做鳥獸散了。」

「給我傷亡人數。」荷莉葉特問。

「十三名士兵在戰鬥中陣亡，還有三名輕重傷。」

「傷者人數比我想像中少。」荷莉葉特皺起眉頭。

「這些怪物不留下傷者，牠們吃人！見到我們的同胞倒下，怪物就一擁而上將他們生吞活剝！」

「還有多少人能動？」

「差不多四十多人。」

不夠，荷莉葉特搖了搖頭，暗暗心想。只靠這點人數絕對抵擋不了方才在小鎮遭遇的怪物數量。

「重新清點一下人數，我們晚點搭乘小艇撤回船艦上，再做打算。」

「你不會想搭船的，上尉小姐。」上士苦笑道：「我們遇襲的時候，有三名士兵趁著其他人不注意之際，偷了一艇小船試圖逃走。要不是當時正忙於戰鬥，我鐵定親手宰了這幾個膽小鬼。」

「他們人呢？」

「小艇還沒划離海灣多遠，一大群怪物就從海中爬上來，將他們所有人撕成碎片。」

「死有餘辜。」

上士點了點頭，看起來很疲憊。

「可以了，你先下去休息一下。我等會兒將下達其他指示。先叫大夥們做好保持警戒，怪物會再回來的。」

「您怎麼知道？」

「我就是知道。」

上士行了個軍禮後退下，不對長官的話多做質疑。

「我們被困住了。」薩斯姬雅一針見血說道。

「謝謝妳的提醒喲。」荷莉葉特酸溜溜地回應。

「我們需要支援。」薩斯姬雅望向站在一旁的梵，她說：「我們需要巴巴蘭人的協助。我們只有四十人，但他們有至少一百多名獵人或戰士。」

「經妳這麼一說，我倒回憶起三件不太妙的事情。」

「我越來越討厭妳回憶任何事。」紅髮女騎士狠瞪對方。

「最近我們和巴巴蘭人處得很不愉快。」荷莉葉特僵硬一笑，說：「我的部下常常不經意獵捕他們獵場的鹿群，惹得他們非常不爽。而且我還當著巴巴蘭人的面趕走大明商人，害他們現在缺乏日用品使用。」

「我只聽見兩件事，第三件是什麼？」

「巴巴蘭人指控我的下屬偷了部落的武器和物品，雖然這是莫須有的罪名……」

「妳就不能控制好自己的部下嗎？」

「嘿，妳有聽見『莫須有』這三個字嗎？」

「會做出盜獵行為的人，也有很高的機率犯下竊盜罪。」

「妳幹嘛淨替巴巴蘭人說好話？他們也可能是在過去幾個星期內，偷偷襲擊我巡邏隊員的兇手。」

「才不是！」

梵的高喊引來這兩個女人的目光。

「巴巴蘭人才沒有襲擊金毛人和紅毛人！」他抗議道。

「喔？」荷莉葉特挑起一邊眉毛：「讓我猜猜，你接下是不是想說巴巴蘭人也沒有偷走那些遇襲士兵的裝備呢？」

「對！」

「哼，巴巴蘭人擺明了就很愛我們的武器。每次一看見我拿出火槍、長劍或小刀時都雙眼閃閃發光的，還一窩蜂擠上來求我送給你們。」

「雖然……雖然很喜歡沒錯，但我們絕不會拿不是自己的東西！」

儘管火把的光芒在黑夜中十分微弱，荷莉葉特捕捉到梵眼眶中盈滿的淚水。那份淚光中充滿了純樸和直率，又像秋日天空一樣清澈的眼睛閃閃發光著。

「為什麼我說了這麼多次，妳就是不明白呢？」梵噙著淚水說。

「這、呃……」

荷莉葉特一時語塞。

「煩死啦，現在講這些也太晚了。你就快點回去自己的破村子好好躲起來，目前看來毗舍邪並不會去找你們巴巴蘭人麻煩。我要去指揮剩下的士兵以防下一次進攻。真有必要的話，我們會戰至最後一人。」

「一定還有什麼辦法。」

「除非上帝顯現神蹟，或你的族人出手幫忙。」

「他們很生氣。」

「我知道。」

「他們沒有偷東西。」

「我知道了啦，你不用一直幫他們講話！反正一切都是怪物引起的，無論襲擊士兵或偷東西的人全是怪物幹的。一切都是怪物的陰謀就對啦！」

講完氣話之後，荷莉葉特轉身揚長而去。

「對、對吼，這一切都是怪物的錯！」梵仍傻傻地站在原地自言自語。

突然間，一個奇妙的想法如閃光般劃過他的思緒。

「我們剛剛和毗舍邪戰鬥的時候，牠們完全沒有拿任何武器！」梵不禁高喊起來。

「畢竟毗舍邪只是一群野蠻低等的怪物。」薩斯姬雅聳肩道。

「但毗舍邪曾在船上偷襲過妳的同胞，而妳也聽見了只屬於毗舍邪的叫聲，受害者的裝備更不翼而飛，就跟那些在海岸線巡邏的士兵一樣。他們身上所有的武器都被毗舍邪偷走了！」

「那只是一種可能性。」薩斯姬雅道：「沒有其他證據顯示，殺死船員和士兵的正是毗舍邪。牠們根本不懂得使用兵器。」

「不是這樣的！」梵猛搖頭。「並不是因為牠們沒有使用武器，而是我們根本就不曾見過！」

「因為牠們都躲在水裡面，或者根本不會用。梵，我相信你和你的族人是無辜的，但你的推論還有待查證。就我的觀察，毗舍邪似乎是居住在海裡的生物，而牠們只有在下雨時才會大肆活動。過去這一個月滴雨未下，你自己也承認這件事了。假使真是如此，要如何解釋近期士兵們接二連三遇襲這件事？」

「正是因為如此呀，薩斯姬雅！正因為牠們住海裡！」

「梵，你到底在說什麼？」薩斯姬雅糊塗了。

「我全懂了！」梵興奮地喊道，就連始終下垂的獸耳和尾巴都激烈擺動起來。「只要取得證據，荷莉葉特就會相信我們，我相信族人們也是如此。這樣子他們會願意幫忙的！」

薩斯姬雅還沒反應過來，梵便一個轉身朝著剛剛死裡逃生的方向狂奔回去。

「等、等一等！梵！」

薩斯姬雅的呼喊在梵的耳邊響起，但卻無法止住焦急的腳步。少年的身形宛如漆黑的影子般，一眨眼便消失在夜色與芒草之中。

＊＊＊

梵很害怕毗舍邪。

這種漆黑色的怪物是他至今前所未見的，而他的族人從來沒有在傳說故事中提及過牠們的存在。如今，梵終於清楚了解為什麼住在沿岸的大明商人會逃之夭夭了。

然而為了證明巴巴蘭族人的清白、為了幫助異族人活下去——他有必要重回大明商人的廢墟小鎮，縱使這意味著需要面對恐怖又危險的毗舍邪。

因為答案埋藏於小鎮之中。

梵沒有傻到直接衝入小鎮裡頭，而是待在附近的一處小山丘上俯視整座小鎮，藉著巴巴蘭人天生銳利的雙眼尋找最佳路徑。

「奇怪？毗舍邪的數量居然變得這麼少。」

梵看見幾隻毗舍邪漫無目的地遊蕩於小鎮街道上，可是牠們的數量明顯少了許多。接著，他發現原本應散落街道上的毗舍耶屍體已不見蹤影，難以想像他不久前才在這座破敗鎮子裡奮勇拚殺、砍死大量的毗舍耶。

「屍體都消失了，難道牠們把自己的同伴給吃掉……」梵感到胃部一陣痙攣，反胃的想嘔吐。

他輕輕拍了拍自己的臉頰，勉強讓自己打起精神。

「牠們究竟去哪裡了？回到海中？還是說跑到森林去了？不，不對。這根本無關緊要！」

梵咬咬下唇壓抑內心的恐懼，仍感受一絲寒顫在尾巴尾端竄動著。然後他下定決心似地點了點頭，伏低身子暗中潛入小鎮。

他的步伐放得很輕，幾乎稱得上是躡手躡腳，又如同來無影去無蹤的貓咪般緊挨著房屋腐朽的木製外牆，偷偷摸摸地沿著牆壁行走。眼見一隻毗舍邪正從轉角處現身，他俐落地爬上屋頂，盡可能在不發出聲音的情況下接近他的目的地——

廢棄倉庫。

不久前，他們費了好大的勁才從那個地方逃出生天，結果現在梵竟然主動跑回去！就連他本人都覺得自己瘋了；不過回想起來，當梵在一個多月前找到金髮白皮膚女子的那個剎那，他的世界就已經天翻地覆了。

梵苦笑了一聲，接著爬上老舊倉庫位於二樓的窗口，在怪物沒有發現之際迅速鑽入建築物裡頭。

「呼，看來非常順利呢。」他深深吐出一口氣，一路緊繃著神經也終於放鬆了一點。

放眼望去，倉庫內依舊放置著許多木箱和圓筒。也許是經歷過一場怪物入侵的變故，大明商人來不及收拾家當，許多箱子都倒在地上使四周看起來髒亂不堪。梵隨便檢查幾個箱子，裡頭如預料般空空如也。

「既然不在箱子裡面，就一定藏在倉庫某處。」

他靈巧地跳到一樓地面上，腳掌瞬間感受地面有許多隆起和不平整處，明顯有被挖掘過後再埋起來的痕跡。

「就是這裡！」

梵興高采烈地用雙手開挖起來，臉上、身上、手指上頓時沾滿了濕潤的泥土。

沒過多久，他的指尖就碰到了一個堅硬的物體，而且那絕對不是石頭的觸感。梵更加賣力地開挖，一下子就把地面挖出一個大坑。

雖然倉庫內漆黑一片，梵的貓眼依舊看得一清二楚。

不只是大明人的鐵製武器，甚至連金毛人的武器都被埋藏在泥土底下。梵隨手抓起一把大明人的刀子，刀身鏽蝕得非常厲害。另一方面，金毛人的武器狀態就嶄新許多，顯然剛埋入土裡不久。

「是武器！」梵興奮地說道，只差沒有當場手足舞蹈起來。「就跟我猜的完全一樣，是那些被偷走的武器！」

現在回想起來，他、荷莉葉特、薩斯姬雅三個人居然打從一開始就坐在這堆武器上頭！

梵拿起其中一把細長的西洋刺劍仔細打量，這把武器長得就跟荷莉葉特使用的幾乎一模一樣。他非常確定它是來自於那些遭受襲擊士兵的裝備。

「接下來只要把證據帶給村人和金毛人看，就能夠解開雙方的誤會。嘿嘿，太好了……」

後方傳來輕微的腳步聲，梵正要轉身，一隻不知打哪來的毗舍邪已從後方撲了上來。他纖瘦的身軀失去平衡，在濕黏的泥巴中滾了好幾圈，最後撞上倉庫牆壁後才停止。撞擊的力道令梵喘不過氣，原本綁在腰間的小刀也掉落於一旁。

梵整個人趴在地上，瞥見一個黑暗畸形的身影站在自己頭頂上，紅色的雙眸閃閃發光。可是下個瞬間，他自己的頭就被壓入地面，視線中只剩下泥巴。這名巴巴蘭少年掙扎著揮舞手臂，稀泥不斷湧入鼻口中，使他的肺疼痛不已。

在乎出最後一口氣的同時，他靈光一閃，利用兩隻手和兩條腿當支點，使盡渾身的力氣弓起背部彈跳起來，把那隻毗舍邪推開。

梵胸口劇烈起伏，大口吸氣。他想大聲呼救，隨即又想起自己孤身一人。還沒來得及反應過來，憤怒的毗舍邪再度發動攻擊。他左右閃躲，銳利的爪子依然抓傷了他的肩膀和手臂，臉上和脖子也都流下鮮血。

「我的小刀、小刀在哪裡？」

梵拚命在黑暗中尋找遺落的武器，毗舍邪的動作卻忽然停了下來。對方張口而笑，露出兩排利牙。梵瞪大雙眼，因為他看見毗舍邪的手裡竟握著荷莉葉特送給他的匕首。

這絕對不是野生動物發現新事物該有的模樣；從毗舍邪握著刀柄姿勢來看，牠非常清楚如何使用武器取人性命，而且異常熟練！

咯咯咯咯嘰嘰嘰嘰！

毗舍邪發出刺耳的笑聲。

緊接著，牠撲上前壓倒對方，毫不猶豫地將匕首插入眼前這隻貓人的脖子。在伴隨鮮血色澤的尖叫中剁碎他的身體，然後大快朵頤他的血肉……

「梵，你真的很會給人添麻煩耶。」

不合時宜的女性嗓音，當場打碎了毗舍邪的妄想。

就在這瞬間，怪物的胸口爆出了一把細長的劍身。銀白色的劍身毫不費力地刺穿牠的身體，黑色的血液飛濺於四周，一切都好像是在慢動作中上演。等到怪物終於意識到發生什麼事情的時候，長劍再度從牠的體內往後反轉拔出，毗舍邪的身體則是在落地前就沒了生命跡象。

「荷莉葉特！」

站在梵面前的人，正是金髮碧眼的異國女子。

「荷莉……荷莉葉特嗚嗚嗚嗚嗚嗚！」

梵伸開雙手，撲上去緊緊摟住荷莉葉特，臉也緊緊埋入她豐滿的胸部之間。

「等、等一等，你這隻色情貓咪，別趁機性騷擾……」

「人家剛才真的好怕、好怕嗚嗚嗚、嗚嗚嗚嗚。」

看見梵顫抖著哭泣的模樣，荷莉葉特一時也不知該推開他，還是更緊密的回抱住對方。

「唉……」她嘆了一口氣，輕輕摸了摸梵抽動著的貓耳。

荷莉葉特就這麼站在原地，任由他埋在自己懷中哭著。

過了一會兒，梵才終於回復過來。

「妳怎麼會在這裡？」他邊說邊從荷莉葉特的胸膛間抬起頭。

「這是我該問的問題吧？」荷莉葉特皺起眉頭，擺出一副比平常還要更嚴肅的神情。

「妳怎麼……薩斯基雅呢？」

「我叫薩斯姬雅留在營地，坐鎮指揮剩餘的士兵對抗毗舍邪。」

「我以為妳比較喜歡親自帶領自己手下的戰士？」梵問。

「別看薩斯姬雅那副獨來獨往的模樣，她其實也是個非常出色的指揮官。」荷莉葉特說完後還補充道：「雖然我更勝一籌啦。」

「可是妳卻來了。」

「還不都是某隻小貓咪害的！」

「嗚喵！」

荷莉葉特伸手揉著梵頭頂，不客氣地弄亂他的一頭黑髮。

「薩斯姬雅告訴我，你好像突然間開竅似的對她說一大堆莫名其妙的話，然後便發瘋似地朝著廢棄小鎮的方向狂奔。我們才剛剛從這裡逃出生天耶！如果你不是自尋死路，那就是腦袋撞壞了。」

「我既不想死，也沒有撞到頭！」梵抗議道。

「我也這麼認為。」荷莉葉特點了點頭，說：「所以我猜你可能發現了什麼線索，是我所沒有看出來的。」

「妳相信我？」

「早先跟毗舍邪戰鬥的時候，你隨時可以丟下我和薩斯姬雅不管，靠著你一雙貓眼獨自逃跑。但你沒有。你選擇冒生命危險指出敵人的方位，引領我們倆成功逃離怪物的魔爪。你很勇敢，梵。我信任這樣的人。」

「我、我終於成為獨當一面的戰士了！」

「並沒有。」

「哎！」

梵頓時從天上跌落谷底。

「不過在你成為足以保護自己的戰士之前，我都會保護你的。畢竟，你是我珍貴的在地嚮導。而且……」

「而且？」

梵傾首看向荷莉葉特，有如小貓般的渾圓大眼射出充滿著純真的目光。就連在微弱光線中都能看得一清二楚的他，發現金髮女子的臉上流露出難以形容且從未見過的神色。她收起西洋刺劍，看似有些不好意思地搔搔臉頰，清清喉嚨。

「而且呀……你這隻小貓咪……該怎麼說呢，實在讓人放不下心吶。只希望我不用一輩子都在旁邊照顧你。」

「是這樣嗎？」

「煩死啦！到底是怎樣根本無所謂吧？」

「不要又拉起我的耳朵痛痛痛痛嘎喵！」

就在此時，不遠處傳來凌亂的腳步聲，以及一連串尖銳刺耳的怪鳥叫。

「都是你喊得這麼大聲，結果引來毗舍邪的注意。」荷莉葉特狠瞪梵。

「明明是妳又扯又捏我耳朵的關係，很痛耶。」

「好啊，竟敢回嘴。那我就捏你的臉！」荷莉葉特一邊改捏起梵柔軟的雙頰，一邊質問對方：

「你最好有找到值得注意的線索，不然就害我白跑這一趟了。」

「偶搞掉惹辣(我找到了啦)。」

「你搞掉什麼？」

「搞掉泥悶搞掉的公系(找到你們搞掉的東西)。」

「氣死人啦，我聽不懂你說的話啦！」

梵猛指著地面，荷莉葉特這才低下頭查看。

「這、這些武器是……」荷莉葉特驚訝得放開梵的雙頰。

梵眼眶泛淚地瞪著荷莉葉特，拚命揉著自己被捏的臉頰。「這個地方埋有大明人的武器和你們金毛人的武器。虧我幫妳找到了，還這麼用力捏我的臉。嗚嗚……」

「這些東西打從一開始就被埋在地底下嗎？」她追問道。

「對啊，我們先前竟然完全沒有發現呢。」

「你是怎麼知道的？」

「因為……」

咯咯咯咯！

梵與荷莉葉特同時回頭，正好看見好幾隻毗舍邪堵在倉庫門口，手裡拿著大明人製的匕首或大刀。儘管牠們的數量不像剛才滿山遍野似的，荷莉葉特這邊卻缺少薩斯姬雅這一名優秀的戰力。

「我們又被包圍了。哎，我怎麼會說又呢？這都是我自己造成的，到底該怎麼辦才好啊！」梵抱頭發出悲鳴。

「詳細情形晚點再說，讓我們先逃離這座小鎮吧。」

「光靠我們兩個殺出重圍嗎？」

當梵轉頭問荷莉葉特的時候，卻驚見後者露出不懷好意的笑容，充滿餘裕的臉上綻放出微笑。

「梵呀梵，」金髮女子說：「要成為獨當一面的戰士，其中一點就是絕不犯下同樣的錯。」

「荷莉葉特……」

「為了避免重蹈覆轍，我早已準備萬全了。」

荷莉葉特將兩根手指放入嘴裡，一道尖銳響亮的口哨聲瞬間劃破夜空，迴盪於漆黑色的海岸線。所有怪物都當場愣住，四周頓時陷入一陣意料之外的寂靜。

噠噠、噠噠、噠噠噠噠！

緊接著，某種急促、清脆、卻又規律無比的腳步聲正以非常快的速度靠近他們；梵住在這座島上起碼也有十二年，他竟然完全無法判斷腳步聲的主人究竟是哪種動物。

「我說過了，梵。我會讓你對文明的力量佩服得心服口服。」荷莉葉特咧嘴一笑。

梵下意識地吞了一口口水。

他只聽見那腳步聲越來越接近……

越來越近……

然後……

第九章

反攻

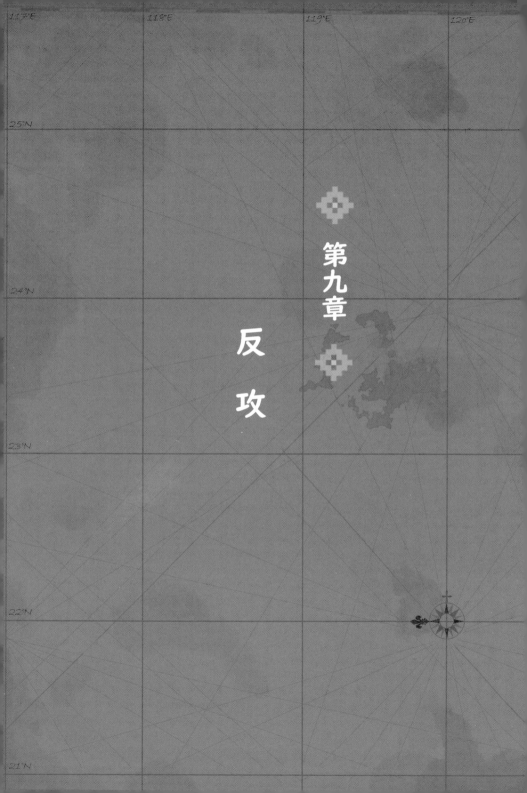

世界在移動著。

一陣又一陣強風迎面而來，使得梵不得不閉上雙眼。等到眼睛稍稍適應後，他發現周圍的夜色和景物飛速掠過兩旁。

更精準地說，正在移動的是梵他本人；只是他從來沒有跑得這麼迅速過！

他低下頭，重新意識到自己正騎在一隻動物背上。牠有四隻又長又壯的腳，以及優美的身體曲線。有一瞬間，梵還以為牠是一隻較為高大的水鹿。可是定睛一看後，任誰都可以判斷出這隻動物和水鹿的長相有天壤之別。

此時此刻，他的雙手環抱住荷莉葉特柔軟的腰，緊張得整個人都貼在她背上。這兩人就這麼騎在未知的動物背上衝刺著。

「荷莉葉特，放我下來啦！」梵在風中吶喊著，聲音有些顫抖。

「你害怕了嗎，梵？看你嚇成這副德性。」荷莉葉特喊了回去。

「我、我們到底騎在什麼動物身上？」他問。

「馬。」

「痲？」

「是馬啦！這隻馬是我從家鄉飄洋過海帶來的坐騎。難道這座島上沒有嗎？」

「我……從來沒有見過。」梵回答。

「原來如此，幸好我特地騎馬過來找你。我們咻地一下就甩掉了那群短腿怪物，甚至還撞飛了好幾隻嘞，哈哈哈哈！」她聽起來似乎很開心

「我沒騎過任何動物，也不曉得動物還可以用來騎……」

「這就是文明的力量喔。」荷莉葉特說：「也許等到征服這座島以後，我們可以騎水鹿或者山豬之類的。」

「感覺好奇怪喲，還是算了。」

「就是因為你們不敢嘗試新東西，才會變得這麼軟弱。」

「巴巴蘭人一點都不軟弱！」梵抗議道：「我們各個都是勇敢的戰士和獵人，只因為村子的人數越來越少，所以比較容易受到其他大村子欺侮。」

「那就快點找個老婆 OX 不就好了？」

「雖然聽不懂 OX 是什麼意思，但感覺超不妙的！」

「就是快找個老婆生小孩。」荷莉葉特說：「未來巴達維亞同意的話，我甚至可以讓西方人移民到這座島上。我還可以幫你找到另一半呢。嘿嘿嘿，這樣子不僅能增加村子人數，還能夠讓我們更方便統治這個地方，我簡直是個天才！」

「天才是什麼？」

「天才的意思就是指荷莉葉特喔。」

「這種明顯錯誤的答案，我完全不想知道。」梵白了對方一眼，再問：「『另一半』又是什麼意思？」

「『另一半』用你們的話來講，就是牽手——結婚的對象。」

梵嚇了一跳，邊搖頭邊說：「我、我才不要金頭髮白皮膚的女生當我牽手的對象！」

「那紅頭髮白皮膚呢？」

「不要。」

「黑頭髮白皮膚？」

「那不是一樣嗎？」

「你嫌棄我們西方女人嗎？」荷莉葉特回頭狠狠瞪梵一眼。

「白皮膚本身就超怪的嗚啊啊啊啊啊不要突然讓馬跳起來，會被甩出去的啦！」

「嫌棄嗎？」

「不嫌棄！不嫌棄！」梵再度猛搖頭。

「那就沒問題啦。」

「呼，嚇死我了……」

「未來會發生什麼事情是很難說的，也許有一天你會愛上白皮膚的女孩子喲。等到我們征服這片土地之後，你不習慣都不行。」

「我好像又聽見非常不妙的句子！」

「少囉嗦，現在快帶我去你的村子。」

梵開始指引荷莉葉特去路，不過他的思緒卻不知飛到哪兒去。

與這些白皮膚，而且還有著奇異髮色的異族人結為連理——乍聽之下雖然很令人錯愕，但冷靜下來思考卻覺得這對部落而言並非壞事。無論是荷莉葉特手中的火柴，抑或是薩斯姬雅身上穿的「殼」與那把長劍，全都讓梵大大開了眼見。

荷莉葉特甚至向他展示過一種名為懷錶的物品。據說那是用來判斷什麼時候該做什麼事情用的工具，不過梵認為觀察太陽的位置簡單多了；太陽升起就工作或玩耍，太陽下山後就睡覺。這不是簡單易懂嗎？

異族人在某方面真的很怪。

儘管如此，梵必須承認他們的觀察力十分優秀，做事又有獨到的見解。如果能將這群人納入部落之中，就不太需要擔心其他村落的襲擊了。

事實上，梵也聽說過其他村落的女人會跟大明男人牽手。

那麼他自己的村子呢？

「和異族人牽手……嗎？」梵一邊低喃著，一邊偷瞄正在騎馬的金髮女子側臉。

就連梵自己都沒注意到，他環抱住對方腰肢的力道似乎更緊了一點。

＊＊＊

與此同時——

沙洲上，士兵們用木頭和泥土補強營地周圍的牆壁。僅靠著火把的火光，他們便把這座簡陋的營地搭建成更加堅固的四方形堡壘。

可是，他們在數量上依舊處於劣勢，而且由於下雨的關係仍然無法使用火器！

咯嘰嘰嘰嘰嘰嘰！

當討人厭的叫聲傳入耳中之際，一名中尉衝入了薩斯基雅的帳篷。

「薩斯基雅閣下，發現敵人！」他喊道。

「我聽見了。」薩斯基雅一臉平靜地問道。

「我們該怎麼辦？」中尉顯得異常慌張。

「冷靜點，你是一名軍官吧。」

「是、很抱歉……」

薩斯基雅不是笨蛋，她察覺得出士兵們間瀰漫著一股不安感。他們雖然同意由她來領導，但僅僅是因為出於她貴族的身分罷了。

這群士兵真正尊敬的人是荷莉葉特，雪上加霜的是她又不在此地。那個女人只向薩斯基雅丟了一句「接下來就交給妳了」後，就逕自騎馬揚長而去。

「艾莉・荷莉葉特上尉現在不在這裡。」薩斯基雅盡可能用平淡的語氣說：「你們必須自己振作起來，聽見沒有？」

「請容我發問，薩斯基雅閣下。上尉小姐究竟去哪兒了？」

「她去找救兵了，很快就會回來。」

薩斯基雅本人從未撒謊；但這次就連她都不曉得自己的猜測正不正確。

「假如她沒出現的話，我們不就……」

中尉話才說到一半，就被女騎士打岔。

「原來如此，荷莉葉特居然是這種會拋下部屬，獨自臨陣脫逃的人。」薩斯基雅說完後還刻意冷笑一聲。

「呃，上尉小姐絕非這樣的懦夫！」

對方像是終於回過神似的，挺直腰桿子高喊。

「無論遇上什麼樣的困境，她都會鼓舞大夥、帶領大夥一起面對。這一路航行上她跟我們同甘共苦，並且從未拋棄過任何夥伴。我相信上尉小姐一定會回來的！」

「這不就對了嗎？」

「哎？」

「在那傢伙回來之前，你們可別丟光她的臉了。」她說。

「絕不，薩斯基雅閣下。」

薩斯基雅點了點頭，抓起手邊的長劍走向帳篷外頭。

「妳最好快點滾回來，荷莉葉特。」薩斯基雅在心中暗罵道：「要不然可就沒有人活下來給妳領導了。」

＊＊＊

叩叩叩、叩叩叩叩叩！

半夜十分，急促的敲門聲響徹夜空。

「大家快起床喲！快起床！」

梵奔走於正沉浸於夢鄉之中的巴巴蘭人村莊，挨家挨戶敲門吶喊，不停叫族人立即到村子中央集合。

「吵什麼吵啊，梵！」

「你不知道現在是睡覺時間嗎？」

年長的巴巴蘭族人一邊大吼一邊從自己家跑出來，他們的面色都難看到極點。不僅僅因為現在是睡覺時間，綿綿細雨正從夜空中滲透下來，當場把所有出來查看的巴巴蘭人都淋濕了。

另一方面，居住在少年、少女會所的男孩與女孩也被這場騷動所驚醒，紛紛跑出門察看究竟發生了什麼事。跟大人不一樣，這些年輕人臉上露出期待或看好戲的神情。就像所有時代的小孩子或青年一樣，他們一心只想著玩耍，天不怕，地不怕，就怕挨小棍子揍。

所以當其中一位巴巴蘭長者拿著木棍走過來的時候，梵嚇得趕緊跑到荷莉葉特的身後，只探出半顆頭看著對方。

「荷莉葉特，別讓他打我。」梵說。

「那你要擔任好翻譯的角色。」荷莉葉特沒好氣道。

「我、我知道啦。」他咕噥了一聲，重新鼓起勇氣站出來。

此時，現場有幾十雙眼睛直盯著梵和荷莉葉特猛瞧。

荷莉葉特注意到這群貓人不需要火把，就能夠在黑夜中穿梭自如；正如梵先前所說的，巴巴蘭人擁有能夠看穿黑暗的貓瞳，完全不受黑暗所限制。

「梵，你最好有重要的事情，否則……」

「金毛人遭到攻擊了！」梵打斷對方：「他們很可能撐不過今天晚上，拜託各位去幫幫他們！」

話音一落，四周陷入一陣古怪的寧靜。

梵原以為同胞們會一起響應他，舉起武器幫助金毛人。

他猜錯了。

「為什麼我們要幫那些外來人啊？」其中一個大人質問梵。

「對呀，他們胡亂獵捕獵場的獵物，一點都不尊重我們。」第二個人說道。

「我們給金毛人食物和水，他們卻誣賴我們是小偷。這實在太過分了！」第三個人忿忿不平道。

「他們還可能偷我家的糧食和武器咧！」

很快地，現場頓時響起此起彼落的責備聲浪。

「可是這幾個月下來，金毛人保護了巴巴蘭人不受海盜欺負，不讓村子被那些壞人所摧毀掉。」

梵站出來替荷莉葉特辯護。

「但這個金毛女人擅自趕走大明商人，害得我們現在連衣服、鐵器、鹽巴等物品都沒得買。你認為這沒什麼嗎，梵？」

「呃……」梵一時語塞。

就在此刻，荷莉葉特往前重重踏出一步，惹得所有巴巴蘭人都嚇得退後一步。眾人以為她要像往常般從腰際抽出那根細細長長的金毛武器，然後對著他們斥責或冷嘲熱諷一番。

他們猜錯了。

「非常抱歉！」

荷莉葉特一邊高聲喊道，一邊對著眼前這群石虎人彎腰致歉。

「荷……荷莉葉特？」梵的的臉龐抽搐著，目光中透漏出一絲驚恐的神情。

縱使是在他最狂野的妄想中，他也不曾想像這名金毛女人會向他人彎下腰鞠躬，更別說是承認錯誤了。

「妳是誰？妳不是荷莉葉特！她絕不會這樣低聲下氣道歉。快點把荷莉葉特還給我——好痛啊嘎喵！」梵才剛喊出口，馬上就被荷莉葉特捏住貓耳朵。

「吵死啦！即便是我也會道歉好嗎？還有，我什麼時候變成『你的東西』來著？」

「對不起，因為妳這舉動怪嚇人的嘛。」梵含著淚水咕噥道。

「咳咳……」荷莉葉特乾咳了一聲後放開梵的耳朵，然後對其他巴巴蘭人說：「對於我和我的同胞誤把各位當作小偷一事，我深深感到抱歉。我希望各位能不盡前嫌，協助我們打退敵人。」

巴巴蘭人們面面相覷一會。

「這究竟是怎麼一回事？」

「敵人又是誰？」

「可別以為隨便道個歉，我們就會原諒妳喔！」

荷莉葉特拍了拍梵的肩膀，而梵則點了點頭表示理解對方的意思。

「金毛人正在和毗舍邪戰鬥。」梵解釋：「沒有錯，就是過去大明商人曾經提過的怪物；長相可憎，發出怪鳥叫。牠們真的存在，我還親手殺掉好幾隻！」

當他秀出沾有黑色血漬的小刀時，一陣騷動自巴巴蘭人群中傳出來。

「根據我和荷莉葉特的觀察，我們發現這些怪物只會在下雨的夜晚大量出沒，而且毗舍邪只會在海灘附近徘徊。他們正是造成一切混亂的始作俑者，也是偷走金毛人武器的兇手！」

「毗舍邪偷走金毛人的武器？」有名巴巴蘭人問道。

「是的，金毛人打從第一天登島的時候，就已經和毗舍邪有所接觸了。毗舍邪曾經趁著下大雨的時候登上金毛人的大船殺死他們的戰士、搶走他們的裝備。在過去這一個月以來，毗舍邪也藉著夜色偷襲過好幾名巡邏海岸線的金毛人，同樣偷走他們的武器。」

「我以為你說毗舍邪只在下雨時出沒？」又有一個巴巴蘭人打岔道：「過去一個月可沒下半點雨。」

「我是指『大量』出沒——假使沒有下雨的話，他們似乎就只能在海岸邊活動一陣子，然後再度躲回海中。他們是在海裡面生活的怪物，無法長時間在乾燥的陸地上行動。」

「難怪從沒有人看見怪物的長相。」族人們說道：「因為夜晚時我們都回到位於內陸的村子，不會有任何族人在外遊蕩——除了住在岸邊的大明商人之外！」

「正是如此！」梵聽了猛點頭，說：「那些大明商人不斷遭受毗舍邪襲擊，最後選擇遷移此地。這不只造成大明人的小鎮變成一座廢墟，甚至成為毗舍邪藏匿武器的最佳地點！」

「什麼意思呀，梵？你怎麼知道這些怪物把武器藏在廢墟小鎮裡頭？」

「我也很好奇呢。」荷莉葉特也問。

接著，梵鉅細靡遺地向族人述說他、荷莉葉特以及薩斯姫雅早先調查小鎮，並且奮力迎戰無數毗舍邪一事。巴巴蘭族人們聽得入迷，不自覺地向前傾身，一條條尾巴也左右擺動著。

「跟毗舍邪戰鬥時我就覺得奇怪：為什麼毗舍邪偷取了金毛人和大明人的武器，卻沒看見這群怪物使用嘞？」

梵頓了一下。

「直到這個時候，我才驚覺到這和『鏽蝕』脫不了關係！」他高喊。

「鏽蝕？」「鏽蝕是什麼？」「可以吃嗎？」眾人一臉困惑，除了荷莉葉特之外。

「這個詞彙是薩斯姫雅告訴我的。」梵一臉驕傲地說：「鏽蝕是壞掉的意思，以武器來說就是變鈍。假如毗舍邪懂得使用武器的話，難道不曉得武器泡到海水會變『鏽蝕』嗎？不可能吧。」

「既然毗舍邪大多數時間住在海中，那麼牠們平常一定把偷搶來的武器藏在某個地方，以防止鏽蝕……原來如此。」荷莉葉特撫了下巴一把，接著她抬起頭問道：「可是，你怎麼確定小鎮倉庫正好是怪物藏匿武器的地點？」

「毗舍邪襲擊我們的時候，不是都兩手空空的嗎？所以我猜想，它們無非是剛從海裡跑出來。我們三人是恰巧決定進行調查廢墟小鎮，怪物更不可能知道我們會出現在那裡。也就是說，毗舍邪原本就是為了某個『預先知曉的目的』而前往廢墟小鎮的倉庫。」

「你想通了這一點，因此才發瘋似的回去小鎮，只為了找出證據？」荷莉葉特問。

「結果我猜得一點也沒錯。我在廢墟小鎮的倉庫地底下，挖到了不只是金毛人被偷走的武器，還包括大明人的武器。如果多花一點時間尋找，應該也能找到族人同胞被偷走的物品。這不只還了巴巴蘭人的清白，也證明一切的罪魁禍首就是毗舍邪！」

「嘖，這些醜陋的怪物就這樣趁著夜間東奔西跑、四處偷東西，還真是有夠忙的……啊！」

荷莉葉特忽然從喉嚨裡發出一聲驚嘆，讓在場的巴巴蘭人又被嚇了一跳。

「咦？怎、怎麼回事啊，荷莉葉特妳為什麼忽然大叫？」

梵一轉過頭去，正巧撇見荷莉葉特露出了一抹似笑非笑的表情。不安的預感頓時浮現了出來。

「沒什麼，我只是在自言自語。」荷莉葉特略顯尷尬的清了清喉嚨。「咳嗯，現在整件事情全都真相大白。我也會跟屬下轉達這件發現，命令他們親自向各位巴巴蘭族人表達歉意。今後我也會制訂更加嚴格的軍令，防止他們隨意在巴巴蘭人的領地內獵捕動物。」

「清白是還了，但這和我們有什麼關係？為什麼我們得冒著生命危險跟毗舍邪戰鬥？」某一個巴巴蘭人仍沒好氣地說道。

「吼喲，你們還不懂嗎？」梵有些急了：「如果金毛人被消滅的話，下一個輪到誰呢？沒人知道這群怪物的目的是什麼，它們也許會入侵我們村子喔！」

「只要我們聯手擊退毗舍邪，以前逃跑的大明人就會回來此地從商。你們選擇交易的對象增加，也更有機會以合理的價格買到大明商人的商品。這簡直是一舉數得。」荷莉葉特也說。

巴巴蘭人們開始動搖了。

不過，他們的眼中依然夾帶著一絲猶豫，就連梵在一旁敲邊鼓也無法讓自己的族人決定出手。

上次巴巴蘭人願意提供糧食及生活物資給金毛人，是由於他們見識到荷莉葉特打退海盜所致。這個動機建立在對力量的崇敬之心上頭。然而，這一次巴巴蘭人卻要協助原本崇敬的對象，來獲取當下所看不到的利益。這種「反差」對他們的思考邏輯而言難以接受。

金毛人不是力量的象徵嗎？

為何我們得幫他們打敗敵人？

如果他們需要援助，是不是意味著金毛人並沒有想像中厲害？如果沒想像中厲害，我們是否一開始便沒有幫他們的必要？

荷莉葉特嘆了一口氣，她看得出這群石虎人臉上露出的種種困惑與懷疑。因此，她必須給予最後一份助力。

「我還有一件重要的事情要向各位宣布……」

她終於下定決心，使出了隱藏已久的殺手鐧。

＊＊＊

「救命啊！」

尖叫與怪鳥叫同時響徹夜晚的沙洲。

一名士兵的腳裸遭到劃傷，來不及被同伴給拉回去。正是這一刻遲緩，一隻毗舍邪馬上用刀劍撕斷他的喉嚨，另一群毗舍邪一擁而上，劃破他的身體，爭食內臟。

「所有人以我為中心圍成圓圈！」

薩斯姬雅一聲令下，殘存的士兵們立刻將傷者拉至圓心內，能夠戰鬥的人則竭盡所能固守陣地。

惱人的雨已經停了，可是毗舍邪卻彷彿源源不絕地從海中和海灘那頭冒出。一隻怪物朝薩斯姬雅的咽喉撲過來，她揮舞長劍，當場將之斬成兩段。牠們不斷在碰到薩斯姬雅手中的利刃後變成一團肉塊，在噁心的怪叫中死去。但女騎士沒有笑，因為更多毗舍邪狂湧而來。

更糟糕的還在後頭——

「原來這些傢伙懂得使用武器嗎？」薩斯姬雅呢喃道。

與第一次交手時的狀況不同，這回毗舍邪竟然手持利器；從菜刀、匕首到長劍。從大明人的武器、西洋武器，甚至是難以判斷時代的古老鐵器……牠們抄起傢伙就朝著薩斯姬雅等人殺過來，使得交手時的危險性大增。

毗舍邪從哪裡取得這些武器？又將它們放在哪裡？薩斯姬雅暗暗心想：不，這一切都不重要了。

「我殺入敵陣吸引注意力，你們趁機整隊。」她向士兵高聲喊道。

還沒等他們反應過來，薩斯姬雅已經殺入毗舍邪之中，所到之處屍橫遍野，但她卻感受不到絲毫成就感。或許這是她生命中第一次無法掌握局勢。怪物揮過來的刀劍偶爾在她的盔甲上彈開，可是薩斯姬雅全身上下早已傷痕累累。

「不行，再這樣下去的話……」她一邊揮舞長劍，砍斷怪物的血肉和白骨，一邊懷疑自己的遭遇。「我就要死了嗎？死在這個荒郊野外、死在一處不被共和國所知的島嶼上頭？我甚至不是死在跟『日不落帝國』對抗的戰場上？呵、呵呵呵哈哈哈哈哈哈！」

薩斯姬雅忽然間放聲大笑，就連她都認不出那是自己的聲音。

就在此時，薩斯姬雅感覺到後頸的領子被抓住。好幾名突圍過來的士兵將她拖回陣地內，制止她如自殺般的行為。他們圍成一個圓圈，正好被毗舍邪團團包圍。

戰鬥一開始，薩斯姬亞一方還有四十五名士兵。如今還能站著的只剩下二十多個人，其餘的不是陣亡就是重傷。敵人似乎也略顯疲態，剩餘的怪物大概還有一百多隻。

可是這數量對他們來說還是太多了。

「結束了。」

喵嘎嘎嘎嘎嘎嘎嘎嘎嘎嘎嘎！

一陣強而有力，充滿氣魄的野性嘶吼聲自森林那頭響起，當場掩蓋過毗舍邪所發出的作噁鳥鳴。

「那個叫聲是？」

眾人才剛剛抬起頭，就看見荷莉葉特騎著駿馬奔出森林，梵也坐在馬上。不過緊跟在後的是一百多名巴巴蘭戰士。這些石虎原住民手持竹製標槍與大明人大刀，一邊發出發出響亮的戰吼，一邊以二肢或甚至四肢奔跑的方式衝向毗舍邪。

「是上尉小姐！上尉小姐帶援兵來了！」

受到荷莉葉特和她帶來的援軍鼓舞，眾士兵高喊戰吼，舉起武器，奮不顧身地與被夾擊的的怪物作戰。

劍起劍落，荷莉葉特不只砍倒周遭所有敵人，還身先士卒衝入敵陣，以身下的駿馬直接撞倒、踩踏眼前的毗舍邪。其餘的怪物只能發出痛苦的慘叫與尖嘯，接著在驚嚇與憤怒之中被巴巴蘭人的標槍給毫不留情的刺穿。這些原住民在黑暗中依舊游刃有餘，精準閃避著毗舍邪的粗暴揮砍，並以毫無取巧的狩獵技能和經驗來進行還擊並刺殺對手。

狩獵講求的是一擊斃命。

毫不做作，快狠準的攻擊方式正是巴巴蘭族從一次次的獵捕之中磨練出來的戰技。他們更是石虎的後裔，獵殺的本能始終流竄於他們的血液之中。

「讓先祖看看我們戰鬥的模樣！看看我們挺身而出對抗毗舍邪的模樣！讓先祖為他們的後代而驕傲，巴巴蘭人要自己掌握自己的未來！」

「將怪物們殺回海裡去！不管牠們來幾次，我們都會將他們殺得屁滾尿流！」

巴巴蘭戰士們爆發出驚人的氣勢！彷彿是為了要一吐前一陣子的苦悶與怨氣。倒在他們腳下的毗舍邪屍體越來越多，而巴巴蘭戰士們則是越戰越勇！

「別小看我們呀嘎喵！」

就連梵也感染了這一份澎湃與熱血。握緊荷莉葉特贈予他的小刀，從馬背縱身一躍，躍入了慌忙亂竄的怪物之中。

這是他第一次感覺到掌握著自己，以及族人的命運。在這個當下，他們不再是受外人欺侮的小貓咪，而是勇猛的戰士！

毗舍邪們開始狼狽的潰逃了。在這一股磅礡的氣勢之前，彷彿就連沉重的烏雲也一同被驅散開來。然後，一顆接著一顆，星星出現了。皎潔的銀色光芒也穿透雲層，落在大地上。

戰鬥結束了。

他們贏了！

＊＊＊

自從那一場令人無法遺忘的戰鬥後，已經過了三個月了。

梵獨自一人坐在岸邊的小山丘上，靜靜地凝視不遠處的沙洲。

沙洲上，金毛人的營區戒備依舊，而且帳篷增加了。由木頭搭起的城牆重新蓋了起來，其規模甚至有擴大的趨勢。

只不過比較起第一個月呈現出的疏離感，如今金毛人和巴巴蘭人的來往增加了。雙方更努力地去學習對方的語言，以及習慣彼此間的文化差異。在荷莉葉特的治理下，金毛人的行為收斂了一些。他們不再擅自闖入巴巴蘭人的獵場內狩獵，而後者也願意釋出更多善意，贈送更多物資給異族人。

「大家跟金毛人相處得挺融洽呢。」他呢喃道。

就像現在，梵看見沙洲上的一群巴巴蘭人正在和金毛人做交易。他的族人不只限於和大明商人交換商品。金毛人自己也帶了許許多多珍奇異寶，大開原住民的眼界。

至於大明商人——他們在得知毗舍邪被擊潰後，逐一乘船回到原先廢棄掉的小鎮，重新開始了生活。在其他競爭者的逼迫下，大明商品也會慢慢降至合理的價格吧？

這起碼算得上一個好兆頭吧？梵心想著，嘴角不覺微微上揚。

奇怪，我怎麼有一股似曾相似的感覺？梵暗暗心驚，但很快地聳了聳肩遺忘這事。

「你果真在這裡，就跟那傢伙說的一樣。」

就在此時，梵的背後傳來一陣清脆的女聲。

「荷莉葉特……唉？」

「真不好意思，我不是荷莉葉特。」

梵轉過頭，正好看見一名五官深邃的紅髮女子朝他走過來。她一如往常穿著閃亮的盔甲，身上的裝備隨著腳步發出叮噹聲響；時至今日，梵仍然有些難以適應異族女子的外貌和髮色。

「薩斯姬雅，妳怎麼在這裡？」梵問，臉上滿是意外的神情。

「怎麼，我不能來嗎？」她冷冷地反問對方。

「沒、沒有啦……」

梵有點窘困地轉過頭，他感覺到薩斯姬雅在自己身邊坐了下來。

「不好意思，直到現在都沒能找你好好道謝。」薩斯姬雅忽然開口說道，口吻極其正式。「戰鬥結束後我們不僅要處理死者，還要負責補充新的人力和物資，結果忙得不可開交。」

「沒關係啦。」梵一邊甩著尾巴，一邊搔著自己的頭髮說道：「我只是靠著一點線索推敲出毗舍邪的習性而已。再說選擇幫助你們的是全體族人，功勞應該歸給他們。」

薩斯姬雅望了一下梵，梵也回望對方。他總覺得紅髮女子的眼神變得比以前柔和多了。

過了一會兒，打破沉默的依舊是薩斯姬雅。

「無論如何，你有什麼想要的東西嗎？就當作回報一類的。」她說。

「可是，荷莉葉特已經給我們非常棒的禮物了。」

「你是指鹽田嗎？」

「對喔！」梵嬌小的身子站了起來，興奮地揮舞雙臂。「她告訴我和族人，位於巴巴蘭村子對面有一片名叫鹵田的土地，居然可以種出鹽巴。我們竟然完全不知道這件事情，一直以來還傻傻地跟大明人買鹽！正因為如此，族人們才下定決心幫助你們的！」

「我必須先聲明，好的鹽似乎不是這麼容易製作出來的東西。我們不曉得要花上多少時間才辦得道這件事情，而且荷莉葉特本人也不是什麼製鹽專家。」

「一定可以的！」梵猛點頭：「自從金毛人出現後，我們不用被迫遷村也不用受到欺侮。這都是異族人的功勞。我相信未來會變得更棒、更好。」

「不過這都是出於你仔細的觀察力。如果沒有你的幫忙，我大概也不會在這兒了。說吧，你有什麼想要的嗎？」薩斯姬雅堅持。

「呃，這樣的話……」

梵思考了一陣子，目光在薩斯姬雅身上游移。

「我可以摸妳的胸部嗎？」

出乎意料的請求，使得薩斯姬雅為之一震。

就算內心感到厭惡，薩斯姬雅也絲毫沒有表現在臉上；紅髮女騎士凝視眼前這名石虎少年，後者圓滾滾的深色雙眸中沒有透漏任何淫慾，更別說什麼低俗的視線了。他的眼珠宛如小鹿般純潔、閃亮，充滿期待和好奇這兩種情緒。

薩斯姬雅嘆了一口氣。

「可以。」她回答。

「真、真的嗎？」梵頭頂上的兩片圓耳當場豎了起來，但又隨即垂下顯得有一點猶豫。他說：

「荷莉葉特之前告訴我，不能亂摸異族女生的身體。」

「你救了我的性命，這點事情我還可以接受。」薩斯姬雅道。

「太棒了！」

梵才剛伸出手，動作便停了下來。

「怎麼了？可以摸喔。」女騎士邊說邊握拳輕敲了敲身上盔甲。

「這……但是……呃……妳還穿著……」

「趁我反悔前快做吧。」

梵的雙手貼上穿在薩斯姬雅的胸甲，感受到冰冷且堅硬的觸感自掌間傳來。他的目光不僅變得呆滯，內心也頓時涼了半截。

「不對，不應該是這樣子嘛……嗚嗚……咕嗚嗚……」

在這一刻，梵下定決心他一定要再次摸到異族女人的胸部。

終章

未來

太陽高掛天際，明亮友善，溫暖宜人。

海鳥乘著入冬海風帶來的氣息，盡情滑翔遨遊於天空之中，遙遠的沙啞叫聲似乎正在彼此訴說著什麼。

此時此刻，荷莉葉特正帶著兩名士兵遊走於大明人的小鎮。這名傭兵女上尉一邊觀察著四周搬運著貨物的大明人，一邊感受來自海面的微風給人的清新適意。

「他們重建的速度也快過頭了。」第一名士兵說道。

「怪物一被我們打退後，大明人便馬上搬回來這座小鎮。我記得誰也沒通知他們吧？」另一名士兵也說。

「是我放出消息的。」荷莉葉特說。

「恕我直言，請問這是為什麼呢？」她的下屬立刻皺起眉頭，說：「我曉得這與巴巴蘭人的約定有關。但屬下認為既然我們都來了，乾脆就把這座島給占領算了。」

「因為我們還未決定在此地扎根，我也不想花太多力氣在這座島嶼上頭。」荷莉葉特回答：「目前『公司』總督的方針依舊以經營漁夫島為主。那個地方距離大明國本土較近，貿易上也較方便。既然如此，我們趁著待在島上時與大明國的走私商做交易也沒什麼不好的。」

「走私商？我看他們各個都是海盜吧。」另一位士兵顯得嗤之以鼻。

「海商和海盜只有一線之隔，我們不也是這樣子嗎？」

「唔，是沒錯……」

就在此時，荷莉葉特忽然眼睛一亮。

「你們兩個先去其他地方晃晃，我想找個人私下聊聊。」

語畢，她大步走向一抹熟悉的身影。

那是一名穿戴整齊的大明人，看起來比現場其他任何大明人都像個商人，或者政治家。對方的雙眸炯炯有神，閃動的光芒與其說是智慧光輝，倒不如用精明狡詐來形容還更為貼切。

「又見面啦，無德許商！」荷莉葉特故意放開嗓門大喊，從她口中道出的是漳泉州話。

「又是妳呀，金毛野蠻女。」許姓商人也不甘示弱。

兩人在大街上相遇，可是身邊的路人都會自動讓道，完全不打算跟他們扯上任何關係。

「看來妳們活了下來，沒被毗舍邪給吃掉。」許姓商人冷笑了一聲。

「這是當然。」荷莉葉特仰起下巴，抬頭挺胸道：「別把我跟你們這些傢伙比較，我們西方人既強大又聰敏，沒有無法擊敗的對手。」

「如此厲害的金毛人，為什麼需要向本地居民尋求援助呢？」

「這才是我想問的。」荷莉葉特反問：「明明靠著巴巴蘭人便能夠守住沿岸的大明小鎮，為何其他走私販從來沒想到這一點？」

許姓商人的臉上露出笑容，故作不在乎地聳聳肩。

「想必是因為被更加龐大的勢力給阻饒了吧？你背後代表的集團意圖利用這個大好機會，想從巴巴蘭人身上榨出更多油水。畢竟少了其他競爭者後，你們就能為所欲為控制商品價值。我聽巴巴蘭人說了，你可不是隨便哪個小走私犯，而是來自某個龐大的海盜團體。」

「隨妳怎麼講。」許姓商人聳肩道。

「但我還是要繼續說下去……」

荷莉葉特的態度忽然從傲慢轉為強勢，語氣也更加蠻橫。她挑起半邊眉毛，同時作出一個再跩不過的表情。

「在成功擊退毗舍邪之後，我心中一直有好幾個疑惑。」荷莉葉特說：「毗舍邪擺明了是一種不會留下俘虜的怪物。牠們會吃掉眼前的生物，甚至能大啖自己同胞的屍體且毫不在意。」

「聽起來很正常。」

「然而，我的士兵卻曾在遭遇毗舍邪偷襲時活了下來。他們身上的武器和裝備確實被偷走了，但這些遇襲的士兵沒有任何一人喪命。」

許姓商人沉默不語，荷莉葉特則繼續說下去。

「另外我還發現了一件事。毗舍邪喜愛收集鐵器，牠們會把大明人和我們的武器全偷走並埋起來。」

「嗯、啊，是呀。他們在這座小鎮到處挖洞，妳不曉得其他商人回來後花了多少時間清理這些贓物。天知道毗舍邪還把偷搶過來的鐵器埋到哪去了。」許姓商人隨口說道。

「這就是重點了。」荷莉葉特的嘴角揚起令人膽寒的笑容，她說：「為什麼巴巴蘭人的物品也在同一時間被偷走呢？他們住在內陸，鮮少擁有鐵器。這樣的環境根本不可能吸引毗舍邪。」

許姓商人再度陷入沉默。

「仔細想一想，這兩點尤其突兀。我的士兵以為是巴巴蘭人偷襲他們而感到不滿，巴巴蘭人也因為東西被偷而對我的士兵感到憤怒。然而，根據『第三者』——毗舍邪的習性來看，牠們既不會留下活口，也不應會去偷竊巴巴蘭人的食物或器具。」

「妳到底想說什麼，金毛女人？」

「假使做出這兩件事的並非第三者，而是『第四者』呢？這個神秘的第四方勢力大費周章，就為了破壞我們和巴巴蘭人之間的關係，以防止雙方聯手打敗毗舍邪。」

荷莉葉特凝視著許姓商人；這名金髮女上尉的嘴角在笑，唯獨目光不然。

「你認為呢，無德許商？因為你是……喔不，你背後的勢力是最有可能從中撈到好處的人嘛，嘻嘻。」

許商大哼一聲，卻聽不出有不開心的感覺。

「我只覺得妳那些無能的屬下能在怪物的偷襲後存活，還真是奇蹟中的奇蹟。」他道：「如果真有任何人想殺掉他們，實在是太容易了。」

「無可否認，今後我將加強對士兵的訓練，好讓他們別那麼粗心大意。」

「是啊，也許下一次就沒有這種好運了，金毛女人。假使真有『第四者』存在，大概也是因為對方不想把整件事情搞得毫無轉圜餘地，才決定手下留情。」

「那麼，我就暫時對這個『第四者』睜一隻眼閉一隻眼囉。」荷莉葉特道。

「難道妳不想追究真相嗎？」許商刻意露出一臉意外的表情。

「這座島對我來說只是個休息站，讓我玩樂小歇的地方。也許未來哪一天我心血來潮，會把這個地方納入七省共和國的版圖中吧。」

「那你們可要當心了。無論是這附近的土地或者圍繞於周邊的海洋，都不是屬於金毛蠻族的所有物。」

「那我們就拭目以待了。」

兩人對視而笑，然後朝著反方向離去。金髮女上尉刻意走得很慢，彷彿就是在示威一般。因為她清楚在自己的身後，正有幾雙眼睛在觀察著自己。

「呵，一群鼠輩。就算數量再多也只敢藏頭縮尾的躲著，遲早有一天要揪著你們的鼠尾巴將你們從陰影中拖出來。」

此時此刻，還沒有任何一個人，就連荷莉葉特自己都沒有預料到，她將會和一名長著獸耳與獸尾的石虎少年，共同在這座島嶼上頭掀起多麼激烈的風暴、翻攪起多麼龐大的漩渦。

「算了，還是先來找我那可愛的專屬嚮導好了。不知道現在他還能帶給我什麼樣的新樂子呢？最好是能夠快速賺到許多利潤的好勾當啊。也許我該抓他去深山裡，挖挖看有沒有黃金嘞！」

在暖暖的陽光與海風的吹拂之下，
故事才剛剛開始。

您好，我是歷史謎團。

對於能夠將本書拿在手上並讀上這一段話的讀者，我想向各位至上萬分感謝之意。無論您是藉由什麼樣的管道下知道本書或購買本書，身為作者的我都感到非常開心。

本書是在各種機緣和努力下誕生的。這個過程謎團接受到許多鼓勵以及許多好朋友們的協助。如果沒有那些好朋友的幫忙，這部作品也不會與世人見面。

在此，也向首次合作的繪師至上萬分謝意。當初一見到他強烈的創作風格與令人驚豔的繪畫技巧，就立刻感受到「不找他合作不行啊！」的想法。對於合作途中沒有產生任何衝突，其中甚至有許多設定和插圖都是在第一次嘗試就搞定的，簡直讓人覺得這部作品與對方的風格簡直就是天生一對。

本作品的創作主旨，一開始單純就想要呈現大姊姊與小男孩相遇的奇妙故事。儘管本品的世界觀很大程度上是參考荷蘭時期的台灣為範本，不過關於那個時代的嚴謹小說作品其實市場面上已經有許多好作品了。所以我在最後決定以較為奇幻+輕鬆為主的冒險故事為主軸，這應該也不算脫離 Historical Fiction 的範圍吧。

根據虛構的史實（笑），來自西方共和國的荷莉葉特和來自東方島嶼的梵，他們兩人的冒險才正要展開。至於下一本出版雖是遙遙無期，但還請各位多多支持歷史謎團的作品。

繪師的話

第一次收到這種委託，有點受寵若驚。因為對於畫出「可愛」的女孩子有點苦手，所以一開始有點想婉拒。（畢竟還有很多更擅長畫女孩子的繪師嘛。）

但想著也是一種走出舒適圈的挑戰，就一路合作到了現在。希望能到達大家接受的水準。合作的過程十分愉快，討論的過程更像是創作者之間的交流，也讓我受益良多。

後記

番外

相遇之前的故事

夜幕降臨，原本人聲鼎沸的海口交易港也因陽光的消逝而轉為寧靜。

停泊於港口旁的巨大商船一一點起燈火，但在碩大的月亮與燦爛的星海交織下顯得相形失色。海面宛如一面巨大的鏡子，倒映出一幅月光星輝的美景。月光灑在海面上，寧靜，而又安詳——

「由於這兩人怠忽值勤任務，我在此判以槍斃，即刻行刑！」

位於某一艘雙桅帆船的寬廣甲板上，上士冷酷的聲音響徹夜空。

此時此刻，兩名白人士兵正被五花大綁地綁起來跪在其餘同僚面前。他們倆人都因為在站崗時偷打瞌睡，而被自己的長官判處火槍槍決。

儘管聽起來似乎是個誇張至極的判決，但崗哨職責關係到所有人的生命安危——因為在這個地方，危機四處皆然：當地原住民想辦法在食物內下毒以恢復地方主人的身分，野獸藏身於暗處隨時準備把路過的人吃掉，來自日不落帝國的敵兵想辦法趁著黑夜發動突襲，火燒城寨與船隻……

上述任何一種危險，都足以讓整個艦隊的人喪命。因此唯有嚴刑峻法，才能夠達殺雞儆猴之效。

「拜託饒了我一命啊！」

「我下次不敢了，長官。求求你！」

雖然這兩名年輕士兵不斷向上司求饒，但後者卻完全沒有一絲同情，彷彿眼前的下屬死有餘辜。

這是他們應得的下場與偷懶所應付出的慘重代價。

不過，正當上士準備下達「把這兩個人帶下船甏了！」這道命令之前，出乎意料之外——甚至有些不合時宜的嗓音傳入眾人耳中。

那是女人的嗓音。

「上士，你昨天的晚餐吃的是什麼呀？」對方問道。

「啊？」

上士本想以極為兇惡的表情轉過頭去，瞪向這名發言不知所云的女性。

可是，他卻發現自己做不到。

因為映入上士與眾士兵眼簾的，是一名身材高挑的金髮美女。

漂亮的藍眼珠，淡粉色的雙唇，呈現出精緻的五官，有點像是陶瓷娃娃，只不過胸部大了點。一雙眸子綻放出天生傲然的光輝，臉上則掛著無懈可擊的表情。她身穿與其他士兵無異的軍服，下半身同樣套著一件緊身馬褲。只不過在那一雙高挑美腿的襯托下，使得她整個人看起來更加修長。

看見上士一臉呆然的表情，金髮美女又開口問了一次：「我問你，你昨天的晚餐是什麼？」

上士好不容易回過神來，接著才結巴道：「跟、跟您沒有關係，大小姐……」

「叫我上尉！」被稱為大小姐的金髮美女立刻糾正對方。「還有，這件事關係可大了。別讓我再問一次。上士，你昨晚吃了什麼？」

上尉揚起精緻得宛如雕像般的下顎，雖然語氣平淡卻彷彿夾帶著不容一絲質疑的強大氣場。

上士撇了撇嘴，目光飄向一旁，以一副無可奈何的神情回答：「半隻烤雞，還有兩片豬肉乾，以及……」

「夠了。」

金髮美女，或者該稱之為上尉的女子，她揮了一下手霸道地制止對方說下去。接著，她轉向兩名跪在地上臉色蒼白的士兵。

「你們兩個昨天晚餐吃的是什麼？」女上尉笑瞇瞇地問。

「稀……稀飯。」

「我也是。」

兩名士兵很快地答道。

「除此之外沒有其他東西？配菜之類的？」

他們同時搖頭。

咕嚕……

生死關頭之際，其中一人的肚子甚至發出饞蟲的叫聲。

「唉……」女上尉搖了搖頭後嘆道：「我們要求士兵們每天工作，最近卻只給他們喝很稀的粥，其他什麼也沒有。白天站崗就已經夠辛苦了，如果夜裡還要輪班職守，當然就會累到打盹。」

「妳……不，您的意思是？」上士依然沒反應過來。

「蠢了啊你，意思是我特赦這兩名士兵的罪刑，取消槍決判刑並改以兩個月勞役取而代之。下次可要好好管理下屬的飲食，知道嗎？」

上士頓時大為光火。

「這，這要怎麼傳達警訊給其他兵士，究竟成何體統？」他喊道。

「啊啊，是呀，你獨自私吞烤雞和豬肉實在也成不了什麼體統，所以從今天起你也跟他們一起吃稀飯粥吧，上士。」

「您……」

「你想抗命嗎？」女上尉微微一笑。「就我所知，上尉階級比上士還要高。我領的薪水也比你高，我想想……我一個月領一百二十荷盾，而你只有二十荷盾。嘿，但你的薪水足足比士兵的九荷盾還高出兩倍，你何不買些烤雞給他們吃，好讓人有精神站崗呢？」

「隨……隨便妳想怎麼樣，囉哩叭唆的臭女人！」

上士氣呼呼地轉身離去，留下剛死裡逃生的兩名士兵，以及那位一臉嘲弄的女上尉。

「把他們兩人鬆綁。」

明明被解下了繩子，但這兩名士兵一時半刻卻似乎沒有起身的意思。他們倆面向女上尉，跪地致上謝意。

「實在是非常感謝您的搭救啊，長官！要不然我們早魂斷異鄉了。」

「天主降臨……不對，聖母瑪利亞降臨呀！」

「感謝母親！」

「媽媽啊！」

女上尉當場對他們倆的腦袋巴下去。

「誰是你老媽來著，我今年才二十歲！起碼說是聖姊瑪麗亞吧？！」

她單手插腰，另一隻手直指著眼前這兩名士兵，義正詞嚴問道：「你們兩個叫什麼名字？」

「安德魯。」「彼得。」

「聽著，安德魯、彼得，下次我可就幫不了你們啦，接下來自己好好表現！」

「遵命！」「收到！」

嚴肅地說完後，女上尉臉上再度露出那抹自信滿滿的笑容。

她環顧四周，對著這群士兵喊道：「士兵的天職是服從，這話說得固然不錯。然而，假使就此閉口不談任何困境而影響到自身表現，不僅會讓自己丟了小命，甚至是同伴的性命！這點是絕對不允許的！」

她威武地站立，明明態度非常之高傲，卻又同時散發出一種鄰家姊姊的親切氣息。

「既然考慮到這點，我便不會隨便處罰任何真正遇上問題的下屬，也不用擔心我會找你們麻煩。想抱怨的時候就抱怨，有困難的時候就大聲說出來，聽清楚了嗎？要不然我就去一個個踢你們屁股，叫你們把問題全吐出來！」

「……」

眾人呆若木雞的凝視著金髮女上尉。

緊接著……

「萬歲！」

「上尉人最好了！」

「溫柔的聖母瑪利亞！」

「聖母瑪利亞！」

「聖母！」「聖母！」「聖母！」

爆發出來的是震耳欲聾的歡呼聲！

本來一泛紅就特別明顯的雪白剔透肌膚，如今連脖子都漲紅了；女上尉從腰際拔出長劍，一邊對著天空猛戳，一邊滿臉通紅的怒吼。

「混帳東西，就說了要叫我姊姊！」

「嗚喔喔喔喔喔喔喔喔喔喔喔喔喔喔喔喔喔喔喔喔！」

結果她的舉動反而更加刺激了現場的氣氛，讓士兵們爆發出奇怪的熱情了。

「所以說，這名女上尉到底是誰啊？」某個新來的士兵壓低聲音詢問同僚。

「她是聖母……啊不對，你不知道嗎？」同僚露出鄙夷的神情，說：「她可是『公司』最近派來的傭兵部隊上尉，據說她也是『公司』中最大股東的千金小姐呢。」

「千金小姐？這樣高貴的女性怎麼會來鳥不拉屎的遠東地區？」

「聖母為什麼要在馬廄裡生下耶穌？」

「呃……」

「就是這麼回事！」

對方拍了拍新兵的肩膀，然後再度加入其餘同伴的吶喊下。

「我還是不懂啊……」

新兵獨自一人呢喃道。

＊＊＊

「上尉小姐。」

無論是跟隨艦隊的士兵或船上的水手，他們都是如此稱呼這位金髮女上尉。而她本人也欣然接受同僚們給她取的外號。

關於上尉小姐有很多傳言。

傳說她曾經幹掉一隻孟加拉虎。那隻老虎在一年內吃了一百六十多個人，就像「貓叼老鼠一樣」把人叼走。最後上尉小姐終於忍無可忍，在一次近距離搏鬥中用簧輪手槍結束這隻猛獸的性命。

傳說她曾經以毫無武裝的姿態，跟一名全副板甲的帝國軍官決鬥，還把對方的頭給砍了。

故事是這樣的：

「……對方全身披甲，我則毫無防禦裝束。我們搏鬥許久，直到他長矛的頭折斷了，刺入我的肚子，我的腸子便掛到大腿上。我趁機用劍插進他的脖子，刺穿咽喉，他應聲倒下。我便揮劍砍下他的腦袋，讓手下送給長官。」

這些傳言最令人不安的地方，就在於它們大多數都是真的。

不過，上尉小姐並非一開始就是上尉小姐。

一開始首航的時候，她的軍階只是上士，並且擔任武器官（Captiejin des armes）一職。她主要的工作是看守武器室，工作類似於武器工匠。但她不製造武器，而是擔起妥善保養維護的職責，讓它們隨時處於可以使用的狀態。

記得她第一次加入遠征船團的時候，情景是這樣的：

「啊啊，希望你們不要排斥身為女性的我。我來自赫爾維蒂婭共和國（Republica Helvetiorum），同時也是你們新上任的神秘上士。」

「呃，神秘上士？」

「我不是可疑人物喲。」

可疑到爆了！眾士兵心想。

「那個，神秘的上士難道想跟我們出海嗎？」一名下級士兵舉起手問。

「叫我姐姐！」

「啥？」

「叫姐姐！」

二度被打斷。

「上士……小姐……？」

「嗯，這還差不多。」她點點頭。

這便是此一暱稱的由來；直到她晉升為上尉之後，暱稱也隨之改變成上尉小姐。

上尉小姐就是這麼莫名的存在，她是降臨於世界盡頭的自由精神。

上尉小姐主動拋棄優渥舒適的貴族生活，來到這個最偏遠的遠東地區冒險犯難，與其他水手、士兵、商務員、傳教士一同受苦受難，隨時遭受瘟疫、戰爭、死亡的威脅。

她的一生是營帳、堡壘、突擊、戰爭；她成年後的半生幾乎都在戰鬥，在陸地、在海洋、在森林、在沼澤，對付日不落帝國、對付各個王國、對付海盜、對付土著。這些工作的代價是每個月十三至二十里爾，加上掠奪貨物的分紅。以一個冒著生命危險奔波的人來說，這樣的薪水似乎和工作不成正比。

可是，上尉小姐似乎很享受這一切。

今天的她依然處在遙遠異鄉，絲毫沒有回家的打算。

＊＊＊

此時正值午夜，正是人們熟睡的時刻，但上尉小姐和她的指揮官似乎不因時間有所睏倦。

他們兩人待在狹小的會議室內喝著熱酒，吃著宵夜，沒人願意冒著寒風到外面溜達，更何況身處於夜晚的海島上。寧靜的空氣中充滿油燈橙色的光芒，彷彿那就是整個世界最後一盞燈。

當然，溫暖的光芒也照亮了上尉小姐如同洋娃娃般精緻的臉龐。美麗金色的髮絲比太陽要亮眼，藍色的眼眸比寶石還要清澈；她是一位思維敏捷、做事果斷、輕靈婉約的戰爭女神。

這時候，上尉小姐從一個體積龐大的陶甕中舀起一碗酒水，水裡夾雜灰色物質，乍看下像融化的石灰。她將酒水放在火上烤一下，然後再慢慢喝下去，感受到微熱與微辣的口感滑過喉嚨，一股暖意從胃裡擴散開來，驅逐掉夜裡的寒意。

「產自安汶島的椰子酒。它是以陶甕烹煮，再像莢果一樣密封起來。」上尉小姐一臉興致勃勃地解釋：「剛煮熟比較好喝，而且這酒好處是能夠長久儲存不易壞。你有新鮮的奶油嗎，長官？」她問。

上尉小姐的長官，同時也是「公司」這一支艦隊的司令——雷爾松（Cornelis Reyersen）——他雙手一攤表示無能為力。

「可惜，這酒摻著奶油喝美味無比。」

雷爾松指揮官點了點頭，目光接著望向桌上的幾塊橢圓狀麵包，以及一隻令人垂涎的烤全雞。

「要吃嗎，長官？這些都是我帶回來的。」上尉小姐說：「來自班達島的西谷米麵包和峇里島的雞。尤其峇里島的雞超便宜，而且還是那兒的Radia（應為馬來語的Raja，意為國王）親自賣給我們的。一個銀錢就能買五十隻雞，實在划算到不行。」

雷爾松微微一笑，說：「我想妳半夜來和我見面，應該不只是找我吃大餐吧？」

「但如果吃不飽，什麼事也做不好，對嗎？姆咕姆咕……好粗，雞腿好好粗……嗚咕……姆咕……」

上尉小姐一邊啃著雞腿一邊說話，似乎不大符合貴族小姐的形象。可是從她口中說出來的知識，卻又只有受過教育之人才講得出口。

「根據研究，吃早餐這行為是在兩百年前才慢慢開始普及的，當初只有勞動階層或病人才會吃早餐，要不然會被教會認定是犯了暴食罪。啊嗯——姆咕姆咕……」

只見她抓起麵包往嘴裡塞，食物屑掉滿桌面也不介意，自顧自地說下去。

「可是，人們逐漸發現吃早餐有易於一整天的活動，姆咕……嗯嗯……這西谷米麵包軟硬適中，真不錯……啊！總之，就連貴族階層都開始有了這項習慣。反正只要有錢人做什麼，所有人便會一窩蜂的去做，結果便讓早餐成為日常的一部分。可喜可賀，感謝天主諒解……咕嚕咕嚕咕嚕！」

語畢，上尉小姐將椰子酒一飲而盡，滿足地吐出一口長長的氣。幾乎是一眨眼的時間，她便把半隻雞吃個精光，盤子裡的麵包也被一掃而空，椰子酒大概只剩下半缸了。

眼前這名女子明明身材纖細，食慾卻驚人的可怕，指揮官暗暗心驚。當他看見上尉小姐吃東西時的模樣，彷彿聖母顯靈在眼前，神聖的連靈魂都為之撼動……害他暫時不敢吃烤雞了。

「妳吃喝起來真像個男人，上尉。」雷爾松坦然道出自己的感想。

「習慣成自然。」上尉小姐聳了聳肩，說：「要不然無法和我底下那群士兵打成一遍，況且酒是在寂寞無聊時慰藉心靈的最佳飲品。」

「聽起來，你們最近似乎感到很無聊？」雷爾松問。

頓時，上尉小姐的眼神變得銳利，雷爾松知道他們終於進入正題了。

「可不是嗎？」她毫不猶豫地回答，顯然就在等待這句話。「我們在這座漁夫島（Pescadores）究竟駐紮多久了？一個月？兩個月？三個月？我有許多手下對現狀很不爽。」

「不滿？這又是為什麼？」

「他們每天的工作只是修建港口，建造堡壘。我帶過兵，所以我知道防禦工事的重要性。可是這群士兵多半年輕、愛衝又野心十足，他們不會甘於維持現狀。」

「妳也很年輕，上尉小姐。」雷爾松補充道。

「我不否認。如果說年輕是種罪過，那一個人的人生中必定得經歷過這個階段。」

「說得有理。」

這時上尉小姐用食指輕叩著杯盤狼籍的木桌桌面，發出一陣陣清脆的聲響。

她轉頭望向窗外，平靜的漁夫島外海倒映出月亮的光影。她感覺自己的心就像海面的水……更精準地說，海水上的月亮。只要風一刮過，水就起波浪，波浪則輕而易舉使月亮變成碎片。

外界看似風平浪靜，實則根本禁不起一絲波動。

不對……這種詩情畫意的形容根本不適合她，上尉小姐心想。她是個火山，而且已經接近爆發的臨界點了！

火山，對，這才是她真正的心境！

「長官，我們需要做點什麼打破現狀。」上尉小姐說。

這是肯定句，而非請示。

「妳的意思是想要冒險吧？」雷爾松指揮官邊說邊揚起單邊眉毛。

「我不否認。」

「妳是為了冒險而冒險。」

「那又如何？」她聳肩道：「我不是理想主義者，沒有啥偉大的抱負。我不想重建世界，我是個活在現實的女人。」

「既然妳都這麼說了，那我就我答應妳。」

雷爾松答應之迅速，當場令上尉小姐一陣愕然。

「呃，真的嗎？」她下意識眨了眨眼，就算她知道自己正露出一副蠢樣，也無法把嘴合起來。

「如果妳想要行動，那就主動出擊。我手上剛好有個任務。」

「是去哪裡？重新攻佔帝國人統治的澳門？或者巴達維亞附近又有背叛我們的爪哇人？」上尉小姐等不及說。

「都不是。」

雷爾松咳了一聲，接著以刻意壓抑過的平穩嗓音開口。

「他們終於願意和我們協商貿易事宜，我需要妳去負責主導此事。」

忽然間，詭異的沉默充斥於四周。

縱使遇上多麼奇怪或荒誕的情況，都能用毒舌批評一番的上尉小姐，如今卻講不出半句話來。只見她難得低頭陷入沉默，油燈的火光在她的瞳中躍動著。

沉悶的氣氛瀰漫，兩人隔著實心木桌相望，坐在椅上一言不發。如果旁人望見了，或許會懷疑他們倆究竟是以無言代替話語，還是早已無話可說了？

過了一會兒，上尉小姐終於打破沉默。

「你剛剛……說了什麼？」

她皺起眉，好像一時間無法理解長官話中的意思。這位戰爭女神……上尉小姐少見地露出困惑的神態。

「你確定你沒有搞錯嗎？他們居然改變心意……」她問。

雷爾松點了點頭，重複了一次剛剛才講過的話：「我說，他們願意和我們協商貿易事宜。」

這時上尉小姐以手指抵著下唇，陷入了短暫的思考中。

遠征隊來到東方世界的目的，簡單地說就是找到願意貿易的國度。她跟著艦隊浩浩蕩蕩地來到遠東地區，為的便是替「公司」打開新的貿易場所，取得西方所沒有的稀世珍寶。

然而，事情並非每次都進行得一帆風順。

大部分民智未開的東方人只想跟西方人進行小規模交易，並且拒絕他們在自己領土上建立城市或中繼站；更甚者，他們完全拒絕任何形式的貿易。

假使碰上述的情況，上尉小姐鐵定會這麼說：「既然他們不想要跟我們貿易，我們就強迫他們跟我們貿易！」

首先，你要找到一個有生產利益的地區或戰略價值的島嶼，迅速地建造防禦工事，包括堡壘、碼頭等，尤其要保障船隻安全！當你保障了退路之後，開始擴大領地並要求附近的居民完全合作，同時擊退來自帝國或任何國家等競爭對手，完全壟斷商品流通，最後才開始行商。

慢慢地，殖民地便會開始發展起來：市議會、軍事法庭、屯軍、治安保衛隊、以及最重要的——教堂，全都逐一於堡壘中建立起體系。各階層的人也都會聚集到此接受保護、通商，接著便是錢財滾滾而入。

然後，上尉小姐再跟隨船團前往下一個地區，重複同樣的事情——每次建立新貿易站的過程都一樣，而相同的劇本也不斷重演。

很有用，沒錯。

大多數時候，東方王國都無法抵抗船堅炮利的西方人，更無法與上尉小姐率領的遠征部隊與之抗衡。他們人數雖少，但卻經驗老道。而上尉小姐藉由一場又一場戰鬥證明自己並非只有外表可看，她更是個一絲不苟的實幹家，一個天才的戰術大師。率領士兵親上火線，用超凡的勇敢精神和頑強的戰鬥意志，為遠征隊樹立起榜樣。

然而，他們依舊有個無法超越的極限。

無論遠征軍的裝備再怎麼先進，上尉小姐再怎麼聰明絕頂，他們也無法單以一支艦隊的力量去挑戰一個地大物博、幅員遼闊的巨大帝國。

西方人將它稱為：明國。

「為什麼明國人會突然改變心意，決定跟我們交易？」

上尉小姐會懷疑不是沒有原因。

過去幾年，明國人從不把西方人當作一回事。明國人只當後者是母雞和稚子，不屑於與其來往。的確，上尉小姐尚在西方學校時，她便聽說過火炮、火藥與印刷術是從東方傳進西方，而且多半是明國人發明在先。可是她很不爽明國人高高在上的態度，但那份不爽的態度更多是來自她無法對此做些什麼。

過去只要東方王國不聽命，她可以派兵攻佔進駐，讓艦隊開炮開城。但明帝國土地廣大、人口眾多，如擲小石子的距離，也很難不打到人。由於這份差距之大，遠征部隊根本就拿明國沒有辦法。

如今，明國人卻主動說他們想要交易了？

「你別忘了，長官。明國人異常提防我們。你以為當初我和我的部隊為何得退到漁夫島駐守？」上尉小姐說。

「因為明國人認定漳州是他們的領土，而他們無法容忍外國人定居在他們的土地上。」雷爾松平靜回應。

「天殺的，他們覺得連漁夫島都是他們的，總有一天會過來把我們趕走都不奇怪！」

「我知道，上尉。」雷爾松的回答很簡單：「他們已經在抱怨這件事情了。」

「那又為什麼……」

「如果貿易條約談成功的話，對『公司』而言將會是有史上以來最龐大的生意。妳曉得明國生產多少貴重產品，人口又有多少！也許我們將從此一輩子都不愁吃穿。」

「我知道，長官。」這回換上尉小姐重複同樣的話。

「他們送來一分和平與貿易協議書。三天後，我們會在漳州河附近的一座村落會面，屆時我會派遣三名商務員前去。我希望妳能跟著前往，並打點一切事宜，包括人員安全方面。」

「你覺得他們不可信？」

「倘若明國人真心誠意，我也不會拒絕。錢就是錢，不管是從誰手上拿來的。」

「我同意。」

兩人會心一笑。

「船艦的船員和部隊士兵都必須由我親自挑選，沒問題吧？」

「但我有個要求。」上尉小姐略為昂起下巴，臉上武裝起嚴肅的神情。她說：「船艦的船員和部隊士兵都必須由我親自挑選，沒問題吧？」

「這自然沒問題。」雷爾松馬上同意對方的要求。「還請妳好好保護我們的商務員。」

上尉小姐搖了搖頭，說：「唉，商務員最令人頭疼了。他們還在學習階段就常常命喪黃泉，因為臨陣磨槍而釀成大禍。」她對不能保護自己的人只有鄙視，尤其是在腰間配刀卻不會作戰的商務員。

「別這麼說嘛，這些人依然是『公司』重要的資產。」

「我會盡力而為。請容我失陪了，我還得去制定人員名單與計畫呢。」

「妳對這次任務有信心嗎？」

「我？喔不，突然受邀前往充滿著敵意的領土，只因明國人送來一份和平協議書？沒多少人能夠在所有喜愛的器官都完整無缺的情況下進出那個地方。你知道他們還在吃人嗎？」

接著，上尉小姐笑咪咪地問指揮官：「或許你可以幫我寫封推薦函，就說：『不管你們聽說過什麼傳聞，她是個好女孩，做過很多好事，拜託不要殺她。』」

「啊，」雷爾松指揮官彷彿想起什麼事情般輕敲了一下桌面，說道：「我得承認，我近來和明國人處得很不好。我派謝靈上尉劫掠過他們的船隻與村莊，因為明國人違背了他們的承諾，仍舊派船到異教徒所在的馬尼拉跟他們交易。」

「唔，我想我還是不要你的推薦函了。」上尉小姐向後退了一步，以無奈的語氣說：「唉，當你在野蠻之地打滾一段時間後，就會發覺面臨生吞活剝的危機可以大幅激發人類的潛能。」

「這是誰的至理名言？」

「我的！」上尉小姐愉快地回應。

「妳嘴巴上說沒信心，但看起來卻很高興。」

「我愛危險！」她大聲說道：「刀劍、火炮、疾病，樂於吸收所有有害身心事物的人，東方就是妳該來的地方！」

「我不知道妳是這麼放縱的人。」指揮官放聲大笑。

「或許我的酒甕是半空，但我這人是半滿的。」

丟下這句不明所以的話，上尉小姐雀躍不已離去，現場只剩下指揮官一人。

「口有些渴了啊，讓我來嚐嚐安汶島椰子酒的滋味……」

雷爾松來到大甕旁，捧著杯子的手往下一撈。

緊接著，他眉頭一皺，發覺事情不單純。

「什麼酒甕是半空的……老早就被妳喝光了啊！」

雷爾松的悲吼，響徹夜深了的漁夫島島嶼。

＊＊＊

經過幾天的計畫後，「公司」決定派出了一艘名為「伊拉莫斯號」的荷蘭貿易商船。

她是「公司」往新世界探險征程的遠洋艦隊的其中一艘輕型護衛船，但也具有將近一百多噸的噸位，比起明國人的帆船要大上許多，足以輕易擊毀任何東方製的船隻。

不過，這艘船上最致命的或許並非那幾門火砲，而是她所乘載的人員。

上尉小姐，以及她所帶領的五十位職業傭兵。他們人數雖少，卻經驗老道。無論在使用火槍射擊，抑或是揮砍冷兵器上都駕輕就熟。其中，上尉小姐更是個一絲不苟的實幹家，一名天才的戰術大師。她率領士兵親上火線，用超凡的勇敢精神和頑強的戰鬥意志，為遠征隊樹立起榜樣。

中午時分，「木登號」（Muyden）以及「伊拉莫斯號」（Erasmus）兩艘西方船隻從漁夫島浩浩蕩蕩出航。她們進入廈門港，其後又逆漳州河而上。

上尉小姐沒有下到船艙裡頭，一路上都站在甲板上遠望海面，凝視著不怎麼寧靜的大海與天邊交際處。詭譎的雲層不停翻滾，宛如手持長柄鐮刀的死神，彷彿正有暴雨正快速朝岸邊逼近。陰濛濛的灰色天空讓人以為氣溫應當寒冷，不過此刻竟有種不舒服的悶熱。

這種悶熱跟天氣無關，而是有什麼事情醞釀著要發生。

上尉小姐看著太陽自天邊慢慢落下，心想必須在入夜前完成這件差事。

她能夠理解指揮官想要完成這次使命的理由。明國蘊藏非常豐富的黃金，還有絲綢、珍珠、寶石以及數量龐大的樟腦。明國人幾乎擁有各種資源，只可惜他們不產紅酒；他們種植葡萄，卻不釀葡萄酒。這始終令上尉小姐感到困惑。

另外，明國地大物博。它最小的省分比上尉小姐故鄉的十七個邦加起來都還大，聽說明國整片領土甚至跟西方大陸一樣大！

上尉小姐輕輕甩了甩頭，海風將她金黃色的秀髮吹散。她將這堆無用的資訊拋向腦後。她的任務是確保協商順利，讓大家都能夠安全回家。

「上尉小姐，我們已經抵達目的地了。」男中尉的聲音，將這名金髮女子的意識拉了回來。

上尉小姐發現他們來到一座海濱村落，顯然這座村子默默無名到並沒有顯示在地圖上。

「明國人要求我們派人上岸與都督簽署協定，而對方也會留下同數量的人在船上當人質。」中尉說。

「很好，」上尉小姐點了點頭，說：「全體人員保持警戒，確保火槍處於隨時能夠發射的狀態，船上的火炮同樣進入戰備狀態。另外最重要的，不要下錨。」

「長官，這究竟……」

「叫我上尉小姐！」

「啊，是！上尉小姐，請問有必要這麼小心翼翼嗎？」中尉詢問道。

「別忘了，跟我們打交道的是明國人。明國人本性詭詐至極，必須小心應付。」

「你是說，他們跟我們在好望角的土著一樣嗎？那時候我真是開了眼界。當你拿金屬交換他們換牲口的時候，如果沒緊緊抓住牲口，這些土著就會趁你不注意的時候割斷羊或牛的尾巴，然後大喊一聲，牲口就當場逃之夭夭，想追都追不回來。」

「不，明國人不一樣，甚至更厲害。」上尉小姐搖頭說道：「好望角的騙子比較好對付，因為你只要捉住商品他們便沒轍。但明國人很擅長欺騙，一不小心就會上當；也很無賴，可以把黑的說成是白的。」

「你是說，這很可能是場騙局？只是想叫我們白跑一趟？」

「我不知道，但我們最好提高警覺。」

「遵命。」中尉立正站好。

不過正當他轉過身的時候，上尉小姐接著說下去。

「另外，我會親自和兩名士兵下去護衛商務員。」

「妳確定嗎？」

「為什麼你要質疑我說的每一句話啊？」

上尉小姐顯得有些惱怒……不，說惱怒可能過火了些。她稍嫌不滿地雙手插腰，噘起嘴鼓起臉頰，同時發出鬧彆扭的聲音。當她晃了晃腦袋的時候，下意識地將一頭飄逸的金色長髮甩在腦後。

「實在很抱歉，我只是擔心上尉小姐的安危。」中尉趕緊解釋。

「不用操心，你覺得我會敗在那些明國人手中嗎？」上尉小姐依然保持雙手插腰的姿態，但這回卻是驕傲地挺起胸脯。

「絕對不可能。」

「正確答案。」她一臉滿意的猛拍了拍中尉的肩膀，說：「我走啦。」

「是，請小心一點。」

望著上尉小姐離去的背影，中尉想起過去與她相處的記憶。

他似乎從沒見過上尉小姐憤怒的模樣；雖然她就像普通女孩子會鬧彆扭，偶爾向下屬抱怨沒有紅酒喝然後躺在地上打滾，大喊：「這不是葡萄酒！這不是葡萄酒！」……除此外，這名女子從未將自己的怒氣發洩在同僚身上。

上尉小姐只有在一種情況下會發怒，那就是……

「到底是什麼呢？」

中尉歪著頭思考一陣子，但接下來他因為忙於佈署士兵與船員，倒也沒去多想了。

＊＊＊

「上尉小姐，好久不見。」「您好，上尉小姐！」

上尉小姐下船之後，她立刻就認出迎面而來的兩名士兵：安德魯與彼得。

一個月前，他們本應會在怠忽職守的罪名下被槍決，然而於千鈞一髮之際上尉小姐颯爽登場，當場指出上級長官錯待他們而後撿回一命。

「兩位看起來很有精神嘛？不錯不錯，看來最近吃得很好喲。」上尉小姐滿臉愉悅，大力拍了拍他們兩人的背。

「多虧上尉小姐的福，這件事情傳到了總督耳中。他為人慈善，因此改變了飲食分配不均的現象。」

「也因為如此，我們每餐都能夠吃到肉。假使上級允許的話，還可以自己去外面買些魚和豬來打牙祭。感謝聖母上尉！」

「感謝聖母大恩大德！」

拳頭馬上就飛來了。

「噗！」「嘎喔！」

安德魯和彼得當場抱著頭蹲下。

「別再玩那梗了，你知道之後整整一個月我被人叫聖母嗎？至少是姐姐吧？姐姐！哪這麼早就當媽了？」

「呃，我姐姐十七歲的時候就結婚生子了呢。」

「我妹妹是在十二歲的時候訂婚，十六歲的時候完成婚禮儀式。」

「這麼說的話，上尉小姐難道已經未老先衰……」

拳頭再度襲來。

「痛！」「喔呃！」

「你們兩個到底想來幹嘛？」上尉小姐沒好氣問道。

「我們希望能和您一起前去協商。」安德魯說。

「為了報答您的恩情，我們倆願意赴湯蹈火在所不辭。」

上尉小姐思考了一下，接著用力點點頭。

「很好，比起讓我抽籤選擇，有你們這樣勇氣可嘉的士兵自願或許更好。」

「其實我超怕的耶。」

「呵呵，我也是。」

上尉小姐臉頰抽動了一下。

＊＊＊

世界上有兩種人最讓上尉小姐鄙夷：

第一種是虧待下屬的軍人。

第二種是不專業的作戰人士。

那種在腰間配刀卻不會作戰的商務員，最令上尉小姐感到頭痛。他們或許很會做生意，語言學習能力更是一流。但他們在學習作戰的階段，常常比正規士兵容易喪命。因為臨陣磨槍釀下大錯，甚至讓周遭的士兵也陷入危險，像是意外點燃火槍用的火藥什麼的。

被自己人給炸死這種事件，幾乎是見怪不怪了。

所以，她一見到負責保護的商務員後，立刻講明不要礙手礙腳的。這三名商務員同樣是來自「公司」的商人，他們當然也聽聞過上尉小姐的傳聞，所以答案只有「是！」以及「當然！」，任何多過這兩個字的回答都是多餘的。

至於其他隨行的同僚，上尉小姐就不這麼擔心了：其中包括「伊拉莫斯號」的船長以及他的幾位水手。另外還有這次協商的主要負責人，司令官弗朗克（Christiaen Francx）。他立志圓滿達成這次協議，以讓巴達維亞的總督刮目相看。

他們一行將近十人來到村子裡最大的宅邸前。它是用石頭建造而成，屋頂鋪上漆的瓦片，建築得十分堅固好看。不得不讓上尉小姐佩服明國人的造房技術。

「這就是大人（Mandrain）的房子。」商務員說。

「大人？」上尉小姐皺起眉頭。

「意思是首領。」

「喔。」她應聲答道。

意想不到的是，上尉小姐一行人竟然受到明國人隆重的接待。

他們才一進入宅邸，立即由大隊人馬熱烈迎接。進入一個大房後，裡頭有好幾張餐桌，上頭無不擺著各種獨特又美味的佳餚。

「上尉小姐，妳吃吧。我們在旁邊站著就行了。」彼得體貼地說道。

「對啊。」安德魯點點頭道。

「不可以！」上尉小姐口氣很差，說出來的內容卻體貼到不行。「兵士平常也夠辛苦了，我的位置給你們兩個，你們好好地給我吃！」

「沒事啦，上尉小姐。反正我們也不曉得怎麼用……這個東西吃飯。」

安德魯指了指飯桌上的一雙細棍子，半呎長，有三分之二為圓柱狀，三分之一為方柱狀，夾在手指中來取肉和取菜。

上尉小姐見狀，倒是很靈巧的使用那對細棍子，看得眾人嘖嘖稱奇。

「別小看我啊，我的適應能力可是一流的。」上尉小姐揮舞著手中的吃飯用工具，一臉驕傲地說：「那些明國人必定想看我們出醜的模樣，我可不會讓對方得逞！」

「不愧是聖母啊！」

「聖母果然什麼都會啊！」

「這跟聖母沒關係吧？話說，你們只是想說來氣我的不成！」

雖然嘴巴上對明國人不太友善，但上尉小姐實則認為明國人是她在東印度見到最有創造力的族群。明國人的料理通常都切成小塊烹調，飯菜放在瓷碗中，每個人都有自己的方桌和矮凳。塊狀肉非常適合用細棍子夾來吃；上尉小姐懷疑究竟是先發明棍子才有這種料理方式，或者先有這種料理方式才發明出相對應的細棍子。

除此之外，上尉小姐注意到房間裡有很多藝術品、壺或畫作。這些畫裡竟也包括了西方各國的人種，應該是得自於和他們有交易來往的帝國人吧？不過最引人注目的，是明國人把世界各地的人都描繪成無眼的人。

「他們覺得自己才是最有見識的嗎？哼，一群井蛙……」

上尉小姐不屑地說，然後咬了一口肉。

「啊……真美味！從沒吃過的口感呢。」

「……」「……」

安德魯和彼得很有默契地沒說話。

他們吃了很長一段時間，上尉小姐只看見明國僕人四處奔忙，招待著商務員與士兵，卻不見真正負責協商的明國人蹤影。

這開始讓她感到些許不安。

上尉小姐大吃大喝了一陣子，明國人卻始終吃不多，「伊拉莫斯號」的船長深怕大夥喝得太過火，所以決定先行帶著自己的部下回到船上。其中有一個中國官員還說要慰勞待在船上的水手，特地打包食物和飲料給他們帶走。

船長拒絕了，原因是避免爛醉。

終於，過了一段時間後三個穿戴華麗的明國人進入房間，顯然是地方大官。他們身穿長袍，宛如一件長長的絲綢，有兩、三種顏色，極其華麗。頭髮盤纏在頭頂上，再用一支髮簪固定。另外，三名官員還戴著精緻的筒狀絨帽；男女都戴，只是男人露出耳朵，女人則是蓋住。

商務員與明國官員熱情招呼彼此，說著上尉小姐根本聽不懂的語言。其中一名明國官員以狐疑的目光望了上尉小姐，接著講了幾句話。商務員立刻擺了擺手，似乎是叫他們別把這女人放在心上。

「哼，沒看過白種女人嗎？」

上尉小姐回想起過去少許和明國人相處的經驗……這也難怪，明國女人比較起南島王國的女人，身材異常矮小，因為他們的男人把女人弄得非常嬌弱，只准她們在家裡走動，並由去勢的男人扶持。

一想到這，上尉小姐不禁打了個寒顫。

明國的女人都把雙腳塞在一雙小得詭異的鞋子，那根本不是常人能放進去的。她無法想像那些女人究竟得經過多大的痛楚。她聽說這是因為明國人認為腳越小，人越美。但她卻覺得這完全不符合審美觀。

就在此時，上尉小姐忽然感覺到另一股視線投射到她身上。那是……令人感到毛骨悚然的視線。她是個觀察力極為敏銳的軍人，因此馬上就察覺到目光來自於那三名官員的雙眸。

雖然上尉小姐無法理解雙方的談話內容，但這趟旅行讓她什麼人都看過了……上至國王、皇后、妃子，下至農民、蠻人、海盜。

而眼前這三名明國官員，他們絕非自己所自稱的人。

他們的目光，很明顯是……

不祥的預感才剛剛升起，上尉小姐便突然感到一陣強烈暈眩。

她下意識地深呼吸一口氣，瞬間感到腹部一陣刺痛，隨即又咳了好幾聲。灼熱感爬滿食道，隱隱換出另一波嘔吐感。除了強烈暈眩外，她甚至可以感覺到充滿鐵質味的液體自鼻孔流下。

「這是……怎麼一回……」

還沒搞清楚狀況，四周的世界就在同一時間陷入混亂——慘叫、怒吼，以及刀劍交集的聲音全都響起！

「完了……」

她的意識當場斷在這。

＊＊＊

當上尉小姐回過神的時候，她感覺自己正被某個人搭著肩膀往前行走，一切就像是出自上帝視角，而不是她的感覺。

不過說實在話，她也沒從上帝視角看過事物，所以上述也僅僅是她的胡思亂想。

上尉小姐強迫自己睜開雙眼，卻只能發出痛苦的喘息。她覺得只要一睜開眼睛，就會有一道閃電擊中自己腦袋似的，強烈頭痛感也不斷襲來；又猶如一口沉重的大鐘正在心頭裡轟然鳴響。除此之外，還有一股異常的噁心感浮上心頭，強烈得要使人昏厥過去。

我被下毒了！上尉小姐在心裡頭暗叫不妙。

最後這個念頭猛然蹦了出來，由於用力過度，她甚至感到一陣頭暈目眩——可是，這著實讓她從昏厥中甦醒過來。

她好不容易才抬起異常沉重的眼瞼，試圖轉身觀察四周，卻立即刺痛了五臟六腑。

「安德……魯？」

首先映入眼簾的，是部下安德魯的面龐。

他雖然面色蒼白得怪異，制服上也沾滿鮮血，不知是身體哪處受了傷。儘管如此，這名士兵依然用自己健壯的肩膀撐住上尉小姐無力的身軀，一拐一拐地朝著海岸邊的方向緩慢前進。

上尉小姐似乎想要說什麼，卻露出頭痛欲裂的神情，又像是腹部被打了一記悶棍似的，讓她一時間只能吐得出「呃呃、啊啊」等無意義的話語。

「妳醒了嗎，上尉小姐？謝天謝地。」

察覺到不斷開闔著嘴的長官，安德魯緊繃的神情這才稍微鬆懈下來。

「啊……呃……」

「怎麼了？要水嗎？還是……」

上尉小姐無力地搖搖頭，然後用眼神指了指背後。

安德魯理解對方的意思，一股憤恨之氣頓時衝上腦門。他咬緊牙，怒氣沖沖地低吼道：「明國人在飯裡下毒，上尉小姐！」

果然嗎？上尉小姐已經猜想到了，但是為什麼要這樣做？他們到底想要什麼？

「他們在所有人的飯菜裡下毒，包括商務員吃的，以及妳的。由於我和彼得沒有吃他們準備的東西，所以身體無恙。」

「嗯……」上尉小姐輕點頭，要他繼續說下去。

「那些卑鄙的傢伙……他們一見到毒性發作後，立刻露出了真面目！」

一股不祥的預感馬上湧上上尉小姐心頭。

「明國人拿出大刀與各種武器，當場砍殺了我們派來的商務員，然後綑綁我方的將官與士兵，就連克里斯提安司令官都被俘虜了。」安德魯憤恨道：「我、彼得還有其他在外頭守候的水手奮力迎戰，可是對方人數眾多，我們寡不敵眾。因此我們決定至少要把妳安全送回船上。」

「彼……得……」上尉小姐虛弱吐出這兩個字。

安德魯牙齒咬在嘴唇上，鮮紅的血絲從唇邊流了下來，上尉小姐甚至還能聽見他雙手握緊成拳頭的關節咯嘣聲。他始終死死的盯著前方，雙眸中除了怒意外還夾帶著一份哀戚。

上尉小姐看過這種目光太多次了——那是失去摯友的眼神。

「……他恐怕凶多吉少了。」

「啊啊，啊啊……」

最終，安德魯才緩緩說出來，彷彿每一個字都像刀割般疼痛。

上尉小姐再度發出聲音，安德魯注意到她用眼神指著不遠處的一棵大樹。

他把她扶到樹下，將上尉小姐纖細的身子靠在樹幹上。此時此刻，她感到天旋地轉般的嘔吐感，但依然仍盡可能集中自己的精力。她強迫自己放慢呼吸，強烈的痙攣刺痛、翻弄著五臟六腑，好像能把內臟都吐出來。

事實上當那念頭一冒出之際，上尉小姐便轉過身開始低頭大吐特吐一番。她吐出自己的血，以及大概是胃液的東西，難以形容的惡臭撲鼻而來。

她不停嘔吐，直到沒有東西可吐，只剩下食道充滿胃酸的灼熱感為止。

「妳還好吧？」安德魯問。

她想站起身，一陣暈眩卻令她的身子當場垮下。

「上尉小姐！」

上尉小姐擺了擺手，重新吸了一口氣候說：「誰……官員……他們……」她終於可以說出像樣的字句。

「官員？那些人根本就不是什麼明國大官！」安德魯說：「哪裡來的大官如此擅長揮刀，砍人又砍得這麼順手？我聽到其中一名商務員在臨死前，大喊著什麼『殺人犯！殺人犯！』的，我猜那幾個人根本不是什麼好東西。」

果然嗎？上尉小姐重重地嘆了一口氣，臉上露出不甘的神色。

當她第一眼看見三名身穿華麗服飾大官的時候，便立刻察覺到他們的眼神不大對勁。這趟大航海旅行讓上尉小姐什麼人都看過了……上至國王、皇后、妃子，下至農民、蠻人、海盜。其中當然也包括罪犯——而那三名「大官」的目光竟跟那種人不謀而合，那是罪犯的眼神！

「我們中計了嗎？」安德魯問。

上尉小姐點了點頭。

「明國人以協商理由引我們進入虎穴，就是要將我們趕盡殺絕，以達殺雞儆猴的效果。今後再也不敢來和他們交易？」

她再度點頭表示正確。

「低劣！卑鄙！如此下流的手段……可恨無比的明國人！」安德魯說。

「帝國……人……可能……從中作梗……」上尉小姐說。

的確，與上尉小姐國家敵對的帝國人，早和明國國有所接觸。或許帝國人對明國造成影響，刻意讓彼此處於敵對狀態。

無論是哪一種情況，都是無法容忍的。

「來吧，我扶妳起來。」安德魯對上尉小姐伸出手，說：「只要抵達『伊拉莫斯號』，我們就安全了。」

「嗯，麻煩……你了……」

「別這麼講，保護上尉小姐是我們的職責。畢竟妳是我們的聖母大人……」

為了舒緩氣氛而打起精神，安德魯的俏皮話才剛說到一半，出乎意料的事情便發生了。

突然間，他的胸口突出了一把細長的長劍。

在這個當下，安德魯沒有感覺到一絲疼痛。彷彿落入了平靜而緩慢的水中世界，他親眼看見了劍尖緩緩突出自己的胸口，飛濺的鮮紅色血絲為自己的生命綻放最後一道光芒。就在濡濕的聲響傳進上尉小姐耳裡之際，那把刀已經反轉並從失去靈魂的軀體離開，至於安德魯的身體……更精準地說，他的屍體倒下的聲音則是慢了一拍才響起。

「安……德魯……」上尉小姐想要喊出來，卻只能發出微弱的聲音。

安德魯的身子倒下後，三抹身影立即出現在她的眼前。

他們是先前在宅邸見到的三名明國大官——不對，此刻他們渾身浴血的模樣哪像什麼大官，更像是殺人不眨眼的殺人犯！其中一人拿著長劍，另外兩人拿著明國的大刀，武器同樣沾滿鮮血……那是上尉小姐部下和伙伴的鮮血！

與此同時，三名明國男人一看見幾乎動彈不得的上尉小姐後，他們的眸子裡無不射出興奮的光芒。充滿原始慾望的目光上下舔舐著上尉小姐凹凸有致的姣好身材；他們不會當場殺了她，而是想對她的身體做出許許多多不堪的事情。

三位明國人說了幾句上尉小姐聽不懂的話，紛紛發出了下流的訕笑。

緊接著，其中一個人撲上來抓住她的手臂，另一個人則強硬地掰開她修長的雙腿，使其不雅地大大敞開來，而第三個男人已經等不及地開始脫下褲子。

他們粗糙的大手在她的身子上下游移，衣襬不斷被試著往上撩。

這段期間，上尉小姐企圖掙扎想要逃出對方的魔爪，卻反而更加激起男人們的獸慾；讓人望而生畏的女姓、從未見過的金色髮絲與胴體，都讓這三名明國人等不及體驗侵犯眼前這名異國女人的快感。

或許這是上尉小姐第一次體驗無法反抗的殘酷，或許她將會體驗到被男性侵犯的屈辱，她了解到這世界的殘酷，在癱瘓的情況下被拖入那殘酷的現實。或許未來她有幸脫離那悲慘的日子，但遭蹂躪的心靈與身體恐怕沒那麼容易復原。與其活在屈辱與痛苦中不如自我了結……

在那之前，她還有更重要的事情要做。

「……了……你們……」

上尉小姐咬牙切齒，斷斷續續地吐出了憎惡的詛咒。

「我絕對會……殺了……殺了你們啊啊啊啊！」

過沒多久，受虐般的淒厲慘叫響徹月下黑夜。

＊＊＊

一開始，這三個明國男人還搞不懂出了什麼事情。

他們沉浸於絕對征服的快感與即將施暴的愉悅之中，根本就沒有想到眼前這異國名女子竟然還有餘力反抗。

可是，上尉小姐的確這麼做了。

她等到最後關頭，等其中一名男人即將撲到身上時，才向對方的雙眼吐出嘴裡的血和嘔吐物。他大叫一聲，往後仰倒，目視不清，幾乎搞不清楚狀況。其他兩名明國人見狀，用上尉小姐聽不懂的語言大聲嘲笑夥伴。

趁著這個時候，上尉小姐抬起右腳狠狠踢向原本壓著她下身的男人腹部，讓對方以同樣的姿態往後倒去。幾乎是同一時間，她的頭像蛇一樣扭過去死命咬住壓住自己上身男人的手臂，頓時令他痛得大叫，拼命想掙脫開。對方反射性地站起身，連帶把上尉小姐也拉起來。接著她使勁向明國男人的下巴揮出一記拳頭，打得他昏頭轉向，腳後跟一滑，重重摔了一個四腳朝天。

看見這幕景象，另外兩名明國人連滾帶爬撿起方才丟在地上的大刀，滿臉怒容瞪向上尉小姐。他們指著她的腿大呼小叫的，似乎打算以武力逼迫這女人就範，縱使是斷了她的腳筋也無妨。

上尉小姐朝地上吐了口痰。

「……把東西吐光後，終於感覺好多了啊……」

足以令空氣在剎那間凝固的嗓音，迴盪於冷冽的夜風之中。

此時此刻站在這裡的，是上尉小姐——又不是上尉小姐。

她低下頭，看著已經沒有生命跡象的安德魯。即便知道明國人聽不懂，上尉小姐依然自顧自地開口：「啊啊……看看你們……看你們做了什麼事情……我的部下……我的夥伴，就這麼被莫名殺死了……連我都差點死在這低級的騙術裡頭……」

上尉小姐抬起頭，原本湛藍的雙眼裡滿是憤恨的血絲——她的目光，彷彿凝聚了所有的仇視。她的神情，彷彿凝聚了全世界的邪惡、痛苦和恐懼。她的聲音，彷彿是失去兒女而慟哭的母親，以及等不及撕爛獵物的惡狼嘶吼。

「血債血償，我要殺了你們！我要殺光你們這群低等的黃皮膚猴子！」

然後，上尉小姐歇斯底里的怒吼起來，宛若一頭發狂的野獸。

「嗚、嗚啊啊啊啊啊！」

或許是出於生物自保的本能，抑或是承受不住內心的恐懼；其中一名明國人一邊發出叫聲，一邊高舉大刀往上尉小姐的身子上砍了過去。

上尉小姐一個側身，輕而易舉便躲開這狂牛般盲目的攻擊。緊接著，她拔出始終掛在腰間的西洋刺劍（Rapier）——這群白癡從頭到尾只想強姦上尉小姐，卻蠢到沒人繳械她！

西洋刺劍帶出鋒利的光芒，半月月光則讓劍身雪亮無比。而上尉小姐就在敵人攻擊落空的瞬間往前踏出一步，如同閃電般迅速逼近對手。

「這是為了彼得！」

破風之聲頓時響起。

劍尖輕易戳穿那名明國人的胸膛、刺穿他的心臟，他甚至未能發出一絲尖叫。當刺劍被拔出來後，上尉小姐完全沒有理會對方倒下的模樣，因為她已經朝著第二名明國人的方向衝了過去。

明國人大吼大叫，橫向劈砍，似乎打算腰斬來勢洶洶的上尉小姐。但她登時壓低身子，雙腳彎曲，躲開了這一擊，幾搓被切斷的金黃色髮絲飄逸於空氣中。下一秒，她轉動籠手劍柄，以劍刃面向敵人右手，宛如被繃緊的彈簧一般爆發出巨大能量，斬斷敵人的手臂，頓時血花四濺。月光下響起男人的慘叫，以及上尉小姐的刺劍砍入血肉的聲音。

上尉小姐沒給對手細品痛楚的空閒，或許她應該這麼做，讓這個明國人嚐嚐無以倫比的痛苦。可是上尉小姐被憤怒沖昏了頭，因此她砍斷明國人的左手、雙腳，最後才把她的頭給砍飛。

接著，她轉過身來到那名下巴粉碎的明國人面前，後者依然躺在地上痛苦打滾。上尉小姐拔出一把小匕首，毫不猶豫插入他的眼眶中。

那名明國人發出尖叫。

然而上尉小姐沒有就此停手，她跨坐在對方的身體上，拔出匕首，然後再重新插入男人的另一個眼眶。拔出，再插入他的嘴。拔出，再插入他的鼻……

「去死吧！去死吧！去死吧！去死吧！去死吧！去死吧！去死吧！去死吧！去死吧！去死吧！」

受虐般的淒厲慘叫響徹月下的黑夜。

＊＊＊

當上尉小姐回到「伊拉莫斯號」的時候，駐守在船上的士兵與船員幾乎全嚇傻了。她手持刺劍，渾身浴血，彷彿剛剛才浸泡在滿是鮮血的浴池裡面一樣。而且她的眼神也和平常相差甚遠，那雙藍眸滿是憤怒與血絲，表情卻出乎意料的冰冷。

「我的聖母瑪麗亞！」中尉驚叫道，這回他可不是在開玩笑。「妳沒事吧，上尉小姐。」

上尉小姐沒有回答對方，面色凝重的她直接地衝向依然待在船上那幾名中國官員。但她知道對方根本不是什麼官員，而是中國朝廷就算犧牲掉也無關痛癢的重刑犯。還未等對方反應過來，這名金髮女軍官已經揮出刺劍，在難聽刺耳的尖叫聲中將他們一一斬殺，剁成肉塊。

「上尉，妳究竟在做什麼？」「伊拉莫斯號」的船長衝出來質問她。

「被耍了。」上尉小姐回答：「我們被明國人徹底耍了。他們以協商之名欺騙我們，實則打算將我們全部趕盡殺絕。」

上尉小姐一邊抹掉劍刃上的血跡，一邊詳述在岸上的遭遇：包括他們一行人吃下有毒的食物、商務員全部被殺，以及司令官和眾多水手士兵被俘一事。

「混帳明國人！」

年輕的中尉一拳捶向桅杆，發出好大的聲響。一旁，就連平時沉穩的「伊拉莫斯號」船長聽完後都不禁咒罵起來。

「難怪我回船上後就覺得頭暈目眩，我還以為是自己吃不習慣明國食物。可惡，假使我留下來的話，一定能夠保護……」

「恕我直言，你只會落得跟克里斯提安司令官同樣的下場而已。」上尉小姐冷冷地說：「你的自律救了你一命，這對我們來說已經是不幸中的大幸。」

「在我離開前，那些明國還硬塞許多食物和飲料，說要慰勞船上的水手什麼的……」

「全部丟掉，這些飲食裡鐵定全被下了毒。你沒分給其他人吃吧？」

「沒有。」

「非常好。」

「接下來該怎麼做，上尉小姐？」中尉急切地插嘴問道。

「明國人不可能只對付上岸的士兵，他們鐵定會想辦法攻擊『伊拉莫斯號』。叫所有人提高警戒……」

上尉小姐的話才說到一半，負責觀測周遭狀態的水手忽然大喊起來：「9點鐘方向出現五艘……不，七艘明國帆船！它們全朝這邊衝過來了！」

「果然來了嗎？」

上尉小姐拿起望遠鏡，看見六、七艘體積小得不可思議的槳帆船正向「伊拉莫斯號」迅速逼近。每一艘船都僅有一人駕駛，船上沒有武裝……至少，外表看起來只是個堆滿貨物箱的普通船隻，連一門鐵炮都沒有。

「他們打算怎麼做？拿玩具撞翻我們嗎？」中尉輕蔑地冷笑。

「不對……那些圓木箱……」

上尉小姐看出了端倪。

「別讓那些小帆船接近，」她轉過身，對著船員和士兵高吼：「明國帆船上裝滿了火藥和易燃物，他們打算燒了「伊拉莫斯號」！」

「把帆船給我打下來！」中尉立刻下令。

一時間，「伊拉莫斯號」甲板揚起騷動，水手們開始忙著操縱大砲，而士兵們也拿著火槍來到船邊，對準著襲來的敵人。

多虧了上尉小姐的先見之明，他們老早就準備好許多前置作業，因此不到十分鐘便準備完成。

「開火！」上尉小姐大喊。

震耳欲聾的砲聲，以及一連串如鞭炮般的火槍槍響劃破月夜。

數艘小帆船頓時以不正常的速度燃燒、甚至爆炸，讓漳州河河面亮起火光。另外一方面，好幾艘船上的船員紛紛中彈落海——然而，依舊有三台小帆船穿越火線，成功撞上停泊在旁邊，無論體型和吃水都較小的「木登號」側身。

一靠近「木登號」，明國船員隨即將帆船點燃，然後跳入預先準備的大水缸內。在江面大風的作用下，這些火船燃燒得越來越旺，根本無從阻止。而「木登號」的船身隨即遭受環繞於四周的祝融纏身，沒多久便被無情大火給吞噬！船上的船員與士兵紛紛棄船，一個又一個跳入冰冷黑暗的江水之中。

「去叫人投下繩索，把那些落水的同胞救上船。」上尉小姐下令。

「上尉小姐，更多火船靠近了！」觀測員吶喊。

江面上再度出現十幾艘小船，以視死如歸之姿朝「伊拉莫斯號」高速航行過來。

「不要停，開火！開火！」

震耳欲聾的炮聲接連響起，但是至少有四艘火船衝破防線，點燃、並撞上「伊拉莫斯號」的側身。眼看火焰逐漸燃燒起來，他們很快就會落得跟「木登號」一模一樣的下場。

「上尉小姐，我們該怎麼辦才好？」中尉問。

「上帝……」

「啊？」

「靠著上帝的恩典！」上尉小姐高喊。

就在此時，天際閃著雷光，暗灰色的雲層越積越厚……沒過多久，天上下起了傾盆大雨。

大雨滂沱，碩大雨滴拍打在帆上的聲音不絕於耳，彷彿永不停歇似地。而這場雨也澆熄了火勢，解除了「伊拉莫斯號」的危機。接著，上尉小姐領著一批士兵跳入水中，將那些試圖逃竄的明國船員給抓住。上尉小姐命人把這些明國船員帶到她面前。

「問他們是哪個村子來的。」上尉小姐很快地命令。

經過翻譯的努力和一點暴力脅迫下，上尉小姐得知這些明國人是漳州府雇傭過來的打手，他們都是住在漳州河沿岸的漁民。

「很好。」

接著，上尉小姐抓起其中一名明國船員的頭髮，並將對方的頭往水缸裡塞進去。

「咕嗚……咕嚕嚕嗚嗚嚕嚕嚕嚕！」

那名明國船員痛苦掙扎了一會兒，最後當場溺斃。

「全部殺光。」她說。

她簡單下令，其餘的士兵也紛紛照著同樣的方式，把明國船員們壓入水中溺死他們。

中尉見到這一幕後，終於想起上尉小姐的逆鱗是什麼了。

上尉小姐這個人最憎惡兩種人：

第一種，說話出爾反爾，不聽從且不照規矩來。

第二種，則是殺死自己夥伴的敵人。

當晚雨停之後，上尉小姐率領剩餘的士兵回到那座村莊。

「殺光他們？」中尉問道。

「他們非死不可。」上尉小姐冷冷地說：「不是為了正義或者復仇，純粹是因為如果不殺掉明國人，他們將會捲土重來。同樣的計畫，或是更糟糕的情況。他們必須死，帶著夢想、計畫與惡意一併死去，絕不留情。對明國人不行！」

然後，槍聲大作，緊接著響起的是一連串慘叫。

士兵們執起火槍開火，一排又一排掃倒明國平民。前者沉著冷靜地走過屍體，一邊換火藥一邊繼續射擊其他還活著的人。大部分漁民試圖逃跑，但是手持冰冷刺劍的外國士兵趕在前頭，逐一砍倒他們。這些人尖聲慘叫，相互推擠，試圖拿其他人當盾牌。有的人高聲討饒，但上尉小姐一行人哪聽得懂，只要見到誰跪下來，士兵便把對方的頭給坎了。

上尉小姐沒話要跟他們說。在他們聽從明國漳州府在食物中下毒，還發動突襲之後，他們怎還敢奢望寬恕，祈求慈悲？讓他們去見上帝，看看祂願不願意展現慈悲。

啊，不過很可惜，這些人並不信上帝。

所以他們的去路只剩下一條——

「下地獄吧，異教徒！」

上尉小姐露出笑容，朝著明國人揮出手中的刺劍。

＊＊＊

在那之後，上尉小姐回到漁夫島進行補給。

隨後她帶領著船團將明國沿岸所見的一切全部燒光、殺光。從泉州到漳州，甚至是位於福州的舟山島，海上陸地無一倖免。她摧毀了許多明國村莊、堡壘與海港。

上尉小姐持續燒殺掠奪。直到明國政府忍受不住，甚至跟她又打上幾場戰鬥之後，終於派出一位暱稱為明國船長的明國人出來與這些西洋人周旋，她才暫時停止了殺戮。

儘管就連這份和平也是短暫的。

經過一連串協商之後，明朝政府允許上尉小姐前往位在漁夫島東面的另一座島嶼建立基地，代價是他們從漁夫島上完全撤離。

那是一片幾乎從未有人開墾過、開發過的原始又肥沃的神秘土地。而上尉小姐也將在那座島嶼上認識一位足以改變自己人生的對象，並且與對方展開全新的冒險和人生。

不過，那又是另一個故事了……

人物設定

荷莉葉特

Henrietta

薩斯姬雅
Saskia

人物設定

國家圖書館出版品預行編目資料

什麼!?這座島被征服者姐姐統治了！／歷史謎團 文；小迪哥 圖.. --初版.--臺中市：白象文化事業有限公司，2021.5
面； 公分.——
ISBN 978-986-5559-85-4（平裝）

863.57　　110001700

什麼!?這座島被征服者姐姐統治了!

作　　者　歷史謎團
插　　畫　小迪哥
校　　對　歷史謎團
出版編印　林榮威、林孟侃、陳逸儒、黃麗穎
設計創意　張禮南、何佳諠
經銷推廣　李莉吟、莊博亞、劉育姍、王堉瑞
經紀企劃　張輝潭、洪怡欣、徐錦淳、黃姿虹
營運管理　林金郎、曾千熏
發 行 人　張輝潭
出版發行　白象文化事業有限公司
412台中市大里區科技路1號8樓之2（台中軟體園區）
出版專線：（04）2496-5995　傳真：（04）2496-9901
401台中市東區和平街228巷44號（經銷部）
購書專線：（04）2220-8589　傳真：（04）2220-8505
印　　刷　基盛印刷工場
初版一刷　2021 年 5 月
定　　價　300 元